章节	标题	页码
第八章	启蒙	113
第九章	爷孙	126
第十章	立志	139
第十一章	巧教	150
第十二章	济世	170
第十三章	八娘	181
第十四章	绝唱	197
尾声		211
后记		213

苏母纪

奉友湘◎著

成都时代出版社
CHENGDU TIMES PRESS

目录

序：伟大男性背后的贤良女性 001

引子 001

第一章 天缘 004

第二章 劝学 021

第三章 思变 042

第四章 交子 059

第五章 蜀锦 075

第六章 竹编 091

第七章 窖藏 100

序：伟大男性背后的贤良女性

◎杜阳林

古语有云：天下之本在家。中华民族历来注重家庭、家教、家风。家风不是物质层面的东西，与家庭的贫富贵贱无关，与社会地位的高低无涉，润物细无声的家风，可以使家人朝积极的方向发展，对人的影响深刻而持久。

上下五千年，华夏大地上曾涌现过无数英雄豪杰、才子贤达，他们的名字铭刻在历史的丰碑上，熠熠生辉，经年闪耀。我们千秋万代地传颂和歌吟这些名字，对他们的丰功伟绩津津乐道，殊不知这样做往往存在"历史盲点"——忘记去关注伟大男性背后的"女性力量"，忽略了这些面目模糊的妻子和母亲在家风建设中所起的重要作用。

历史长河不断奔腾，大浪淘沙，为我们留下了一些女性的名字和传奇：为了孩子在更好环境中成长而三次搬家的孟母，在岳飞后背刺字激励儿子"精忠报国"的岳母，送儿孙和家媳上战场英勇杀敌的佘太君……历史的幕布被揭开一角，在家风的铸造中，女性光芒不可阻挡。遗憾的是，关注普通女性的视线还是太少，论著太过稀缺，所以，当奉友湘兄将一部填补历史空白的长篇人物传记《苏母纪》郑重交到我手里时，我因这个选题而眼前一亮。

"苏母"何人？"眉山三苏"苏洵之妻，苏轼、苏辙的母亲程夫人。世称"唐宋八大家，一门三父子"，苏家三位男子，可谓国之栋梁，千载伟人，在中国文学史上千古流芳。此前，诸位史学家的笔触大都集中于苏家男子身上，对程夫人涉墨甚少。奉兄此次专门为苏母立传，不仅填补了学界空白，而且穿越千年，以现代人的目光与一位北宋女子相遇，抽丝剥茧分析生平，呈现人物生动故事，解读她"蕴含于日常之中的伟大"。

奉兄洋洋洒洒十数万字书写苏母，既在意料之中，又在意料之外。

所谓意料之中，是奉友湘兄在新闻媒体耕耘了大半辈子，曾是《华西都市报》常务副总编，后来又当过几家报纸的总编辑。作为一个资深媒体人，退休前夕，他又从关注当下的新闻转过头，走上一条迢迢远途，迷上了泛黄的历史书写。2017年初，奉兄出版了影视文学作品《交子》，第一次以文学的形式，把成都商人发明世界最早纸币交子的经过精彩地呈现出来；2019年初，他出版了27万字长篇历史人物传记《蜀女皇后》；2020年初，他出版了与李后强博士合著的《蜀王全传》，开创了蜀王研究的新境界。沿着历史小径探幽寻古的奉兄，继续书写历史人物，也就成了意料之中的事。

所谓意料之外，与"一门三苏"相比，或与奉兄之前致力研究的刘皇后相比，程夫人并非惊世才女或天家贵妇，乃一介平常布衣妇人，留下的历史"足迹"实在太过稀少，与她相关的文字记录寥寥无几。要在少得可怜的文献资料中腾挪辗转，重构程夫人的一生，难度太大。

可喜的是，对苏母程夫人的系统书写，奉兄做到了，这也许得益于他在媒体躬耕多年，具备一个资深媒体人的敏锐眼光和严密逻辑。当他脑海中浮现出"为苏母立传"的构想，他便为此作出了充分准备，包括"向时间找线索"和"向空间要答案"，也就是查阅史书和实地走访。这两方面的准备，耗费了他大量的时间与精力，《苏母纪》书稿的完成，如今看来，付出终有回报。

司马光撰写的程夫人墓志铭中有一句："即罄出服玩鬻之以治生，不数年遂为富家。"意思是程夫人把全部陪嫁首饰卖掉做生意，几年后便发家致富。但程夫人为什么能够迅速致富，有什么样的经商妙招，没有太多的史料可供参考。我们知道的仅仅是程夫人在眉山城南租下门面，开了间丝绸铺子，大名纱縠行。奉兄根据自己对宋代成都、眉山、青神等地社会、经济、物产等的深刻研究，把程夫人如何创业经商这段断裂的历史，精心地焊接起来。在奉兄笔下，敢为天下先的程夫人在商场上纵横驰骋，大胆创新，善于发现别人没有发现的商机。他不是天马行空地"戏说"，而是在历史实据之下进行逻辑推演与合理延展，丰富了传记人物的性格特征。

苏家一门三杰，近千年来，想必并非无人关注过"苏氏家风"。受优良家风熏陶的"三苏"，文采过人，人格独立，影响深远，如同璀璨星辰永恒地闪耀于历史星空。可过去的"家风研究"，人们更多关注于父子、兄弟之间的积极互动，却忽略了母亲的重要地位。奉兄颇具慧眼，匠心独运，用一支生花妙笔，为我们描绘了栩栩如生的苏母形象。

苏母是当之无愧的贤妻，苏洵年轻时任性，不喜科考，"年二十七犹不学"，身为妻子，她丝毫没有埋怨丈夫不思进取，贪玩恣意，而是默默陪伴和鼓励，直到丈夫生出为前程而学的动力。

苏母是叱咤风云的"女商"，自投身商海，秉持"人无我有，人有我优，人优我廉"的原则，胜人一筹，创业成功，堪称千年之前的女性商业奇才、优秀的女企业家。

她的创业精神、商业眼光和商业智慧，今天依然值得我们学习和赞赏。

苏母一生充满侠气，行商诚信为本，义字当先，发家致富之后，她并未仅"独善其身"，而是捐学助弱，援手贫病乡亲，奖励孝亲敬老的族人。

苏母也是包容慈爱的仁母，天生有高妙的智慧，对孩子们进行了良好的家庭教育，让几个孩子从小就树立远大的志向，养成自觉科学的学习习惯，形成优良的道德品行。她发现租屋宝藏悄悄完璧归赵，让孩子们懂得诚实的可贵；她同孩子们一起救治被家猫抓伤的桐花凤鸟，教导孩子从小敬畏生命，悲悯苍生。苏轼、苏辙最终成为国家栋梁，为官任职清廉勤政，都是受了母亲的教导和影响。

《苏母纪》多视点的观察，多维度的书写，多层面的分析，使一个有血有肉的动人女性形象跃然纸上。她聪慧、坚毅、宽仁、正直，当然，也存在着封建社会女性的普遍弱点——太过善良，恨不能将心挖出来，给予夫家和娘家全部的爱。也因如此，她执意将爱女嫁给娘家侄儿，爱女惨遭虐待而早亡，她因此而痛断肝肠，还要承受丈夫与她娘家决裂的痛楚。恩怨纠葛，团团包围，使她成为磨芯，一天又一天，磨去了精气神，她在48岁时便撒手人寰，实在可叹可悯。

苏母是一个平凡又不平凡的女人，她虽无赫赫功绩流传于世，但她以自己的心血默默培养了"一门三杰"。她不应只是以"名人的妻子和母亲"的身份而在历史的长河留下一个模糊背影，她有自己作为"一家主母"的智谋与胸襟、才能和抱负，于家、于族、于商，她用一生的奋斗做出了贡献，充分实现了一个女人的人生价值。

从这个角度来看，阅读《苏母纪》，是隔着历史的重峦叠嶂，揭开一个长久以来被忽略的贤能女性的面纱，看聚光灯转到苏母身上时，她曾怎样相夫教子，弄潮商海；她曾怎样宅心仁厚，言传身教；她又是怎样受时代的局限，度过了难以言说的痛苦撕扯。她是那么活泛与真切，可以走近可以倾听，点点滴滴，扣人心弦，留下无穷之味。

因此，我认为，《苏母纪》是一本充满正能量的书。男人可以从中获得奋发有为的动力，女人可以从中找到成功女性的标本，孩子可以从中汲取健康成长的养分，老人可以从中体味走过的岁月。这样的好书能让人开卷受益，善莫大焉。

是为序。

2022 年 3 月于成都

（作者为中国作协会员，四川省作协主席团委员、小说专委会副主任）

引　子

　　沃野千里的成都平原，像一面巨大而多彩的镜子，镶嵌在四川盆地的西部。益州治所成都南边两百多里的地方，有一座不大不小的城市，美名眉山。远山如黛，似眉目含情，这名字是够美的。可为啥叫眉山呢？当地人历来都说不大清楚。最终的解释是，因为此地毗邻峨眉仙山，遂沾了佛光，借了嘉名。和成都及许多地方一样，这儿也是州县同城，眉州和眉山县都在城里建衙办公。

　　据说眉山在唐代就建有城池了，只不过那时是一层层黄泥夯就的土城。五代时才建成坚固挺拔的石城墙，东南西北洞开四座威严雄壮的城门，还有一条束腰玉带一样环抱城市的清清护城河。城市不大，玲珑雅致，各处点缀着大大小小的佛寺、道观，成天烟雾缭绕，香火兴旺。城北幽静处，矗立着一座亭台古朴、书香四溢的藏书楼，点染了一城文气，聚集了无限斯文。人们都爱说眉山城穿城三里三，围城九里九，九街十八巷。如此可以想见，只要那南门附近钟楼上的大钟一敲响，全城人民的耳朵里都一个声音。

不过，在这宋仁宗景祐二年（1035）的初秋时节，这些天眉山城里人们听到的不只是钟声，更有一个消息，这个消息在城里穿梭，徜徉，游荡。人们茶余饭后都在谈论、琢磨这个消息。

其实这个消息差不多就是一条商业信息，不值得大惊小怪，不值得反复琢磨。但这件事放在眉州首富程家的身上，大家就不会等闲视之了。

说破天，究竟是什么消息呢？

这就是：程家已经出嫁的小姐、苏家的儿媳程雪儿，要在眉山城里开丝绸铺！

程、苏两个同科进士之家在8年之前联姻，就轰动了整个眉州，可谓家喻户晓。8年之后程雪儿要自立门户开丝绸铺，这又是为什么呢？她为什么要亲自当老板？她老公苏洵干吗去了？她父亲会支持吗？这样做是不是打程家的脸哪？有些人甚至联想到了司马相如和卓文君的故事。在程雪儿那个时代，女人抛头露面做生意本来就已经是稀罕事儿了，而且这个女人还是眉州首富的女儿，官宦之家苏家的儿媳，这当然成了眉山城里的头号新闻。

人们怀着好奇的心情期待着，怀着种种疑问等待着，怀着莫名其妙的感觉盼望着。他们想看看这程雪儿到底是个什么样的人物、什么样的做派、什么样的风采，她最终会干点儿什么出来。

不过，这些猜想和好奇，莫名的兴奋和急切的企盼背后，苏家和程家，才是这谜底的"版权拥有者"。而这谜，还得从头慢慢解开。

第一章 天　缘

1024年,北宋天圣二年,是14岁的英俊少年皇帝宋仁宗赵祯继位的第三年。他英明睿智的嫡母刘太后垂帘听政,罩着他,护着他,驾驭着大宋这驾马车平稳而快速地前进着。这一年的春天,大宋发生了一件世界金融史上的大事:益州交子务在成都发行了世界上最早的纸币——交子。大宋以领先欧洲600多年的创举,辉煌地载入世界金融史册。

这一年,对于益州所辖眉州的两个家庭而言,无疑也是一个光耀门楣的时间。这两个家庭一个是眉山县苏家,一个是相邻的青神县程家。因为相同的荣耀,以前几乎没有交集的两个家庭,将如同两颗流星在空中相遇,既迸发出灿烂绚丽的动人火花,也产生出烦人尘埃。

眉山城东约40里,这段平缓流淌的清清岷江被称为玻璃江,白天映日飘云,晚上含月敛星,美丽得如梦如幻。右岸,一片平坝的尽头逶迤着一座石佛山。山势不高,不过是连绵的丘陵。其实山中并没有石佛,只是山峦起伏的剪影颇似一尊卧佛,形似佛头的那个山丘里又出上好的石材,故称石佛山。

石佛山南的田园边缘,镶嵌着一座绿竹掩映的村庄,名苏家村。日后大名鼎鼎的苏家就是这村的主户。苏家被一圈黄土夯筑的方形围墙环抱着,墙上爬满了七里香的青藤。院门与房屋中间自然形成一个方形的院坝。这院坝是苏家晒粮食、晒柴草的地方,也是夏天夜里摆椅放凳、铺席纳凉的地方。房屋呈倒U字形。正面一排为正房。中间自然是堂屋,既是主人会客的地方,也是摆放神龛的地方,当然也是全家人吃饭的地方。神龛前一张八仙桌,两旁各摆一把椅子。几条长凳闲靠在屋边。堂屋两边是卧房。侧面两排房屋,右边是厨房、磨房、猪圈、马厩和储藏室,左边是卧房和客房。

苏家的主人叫苏序,生于宋太祖开宝六年(973),这年已经52岁。他的父亲苏杲生了九个儿子,只有他长大成人,因排行第七,人称苏七君。这位苏七君身材高大,身姿挺拔,面部轮廓分明,鼻梁高而直,人中长,嘴唇如雕刻出来般富有棱角。也许是先祖有赵国血统,他颇有燕赵之士的慷慨之气,平时走路风风火火。不过,他的性格是极好的。对乡里的士绅们,他总是彬彬有礼;当人们以为他属谄媚之辈时,却发现他对乡村野老,同样揖让谦恭。他家养着代步的骏马,可苏七君出门从来不骑马。他的理由似乎很怪诞,说是如果他骑马驰驱,看到年龄比自己大的人走路,便会很不自在。他对家财看得很淡,并不富裕却乐善好施。家族的人有什么大事,总爱找他商量。他总是乐此不疲,一点儿都不嫌麻烦。遇到灾荒之年,他便变卖田产赈济无米下锅的乡邻。待度过危机,乡邻要偿还苏七君,他却说,是我自己要卖田产的,跟帮助你没有关系。喜欢雪中送炭却不图虚名,苏七君就是这么个人。他扶危济困、仗义疏财的豪侠之名传遍乡里。正因为乐于施舍,苏家的田产多年总是超不过两顷,有了年月的房屋也没有足够的银子好好修葺一番。安于甚至乐于粗茶淡饭、布衣浊酒——这就是真实的苏序。

不过,苏七君却有一桩好姻缘,娶了眉州大户史家之女为妻。史夫人虽是大小姐出身,脾气却是极随和,侍奉婆婆如同亲生母亲。她为苏家生了3个儿子:长子苏澹、次子苏涣、幼子苏洵。还有两个女儿,均已出嫁,其中一个女儿嫁给了眉州望族石家。这时的苏澹27岁,由于身体孱弱,常年生病,虽然读了些书,也参加科举考了好多年,可一直也没有进学,后来也就放弃了,成天难得出门。24岁的苏涣身形酷似其父，英姿焕发，俊朗潇洒。他聪慧而博学，经史诗赋无所不精。这也归功于苏涣读书极为刻苦，《史记》《汉书》都抄过数遍。天才加勤奋，聪明加用功，这样的学子不成人中龙凤都难。而老三苏洵这时还是个15岁的少年，同样英俊的脸上，还透露出懵懂与稚嫩。他虽然天资不亚于其二哥，但读书上却随性，全凭兴趣与心情，如同信马由缰，走到哪里算哪里，那效果自然就逊了太多，至少被他的二哥甩了无数重山。其时，苏序的母亲宋夫人还健在，已经七十多岁了。

　　此时正值农历四月，暮春时节，天不甚热，也不凉。这天午前，苏序约了几位老友，在村后芳草萋萋的山坡上，席地而坐，开起了冷餐会。苏序带了一大包家里的卤牛肉，王二爷带了酱肘子，刘老汉带了五香豆腐干，黄三爹带了一包花生米。酒是自己各提一罐，交换着喝。乡村里的酒，都是自酿的浊酒，连酒带糟一并喝。这种酒虽然不比现代的高度白酒，但香甜顺口，后劲颇大。四人一喝便喝到接近申时，一个个面皮泛红，额头出汗，都有些二麻二麻了。

　　四人正晕晕乎乎地斜倚在草坡上胡吹海侃，只见苏家老三苏洵满脸喜色气喘吁吁地跑上山坡来叫道："爹爹、爹爹，快回家，有官差来报喜，说是二哥高中进士了！"

　　"啥子呢？"苏序喝得有些迷糊了，没听清楚。

"二哥高中进士了!报喜的官差都到家了,娘要你赶紧回去!"跑得脸色通红的苏洵又大声说了一遍,然后伸手去拉苏序。

这回大家都听清楚了,那王二爷、刘老汉、黄三爹比苏序还激动,赶快把苏序拉起来,直叫恭喜老苏,贺喜老苏,快走快走,迎接官差去!

这个苏序,倒是不慌不忙地把吃剩下的卤牛肉装进布袋,把喝剩的酒封好,也一股脑塞进口袋,摇摇晃晃地站起身来,对苏洵说,走!

苏洵赶紧一只手接过布袋,一只手搀着老爷子,走下山坡。那三个老汉也急忙收拾好自己的东西,一颠儿一颠儿地跟在后边,乐呵呵地去苏家看热闹。

待苏洵搀着父亲走近自家院门时,四乡八村前来看稀奇凑热闹的男女老幼已经挤满院坝。见得苏序一行回来,有人叫道:"苏老爷回来了!"大家便自觉闪出一条路,让苏序一行进得院来。那身着制服的报喜官差见到苏序,料到正是新科进士之父,便前来打躬贺喜,高声宣读喜报,然后呈上这报喜的"金花帖子"。只见这帖子乃是一素绫裱成的小卷轴,上贴金花,故称金榜。首书主考大人名讳官职,以及主考官的亲笔签名画押等。再书"眉州眉山县苏涣,荣登二甲进士第五十八名"。

苏序此时,酒有些醒了。他大叫:"夫人,快取赏钱!"高兴地打发了官差。他拿着金花帖子,看了又看,瞧了又瞧,高高举起,老泪纵横地喊道:"苏家的雄鸡公终于开叫了!"众乡邻一片大笑,一哄而散。

从苏家村沿岷江往下游蜿蜒80余里,同是岷江右岸的青神县境内有个程家嘴,与著名的中岩山及上、中、下寺隔江相望。程家嘴乃是岷江和思蒙河冲积而成的一大片平坝,田土肥沃,物产丰富。背靠浅丘,面向岷江,春暖花开,风景无限。程家气势雄浑的三进大院,便坐落在一个地势稍高的林盘之中。葱茏苍翠的林木和竹丛护卫着程家大院,远远望去,只见一片绿色,几乎看不到房屋。大院前是一个池塘,盛夏里荷花映日,清风送馨。

苏家接到喜报的同一天,程家喜气洋洋,高朋满座,更有狮舞助兴,鼓乐喧天。程家老大程浚与苏家老二苏涣同科高中进士,报喜的官差还没从眉州出发,程家早就提前得到了消息。程家是眉州首富,连知州都跟程家主人称兄道弟。这喜报头天到了州府衙门,喜讯自然连夜就飞到了程家。程家主人程文应、女主人程老太太喜不自胜,赶紧张罗,盛邀亲朋好友、四邻乡亲,统统都来分享这天大喜事、世代荣耀。

这程文应五十来岁,中等身材,面白微胖。眼睛不大,却饱含着精明与世故。他继承家产并用心经营,把祖业做到了鼎盛。他娶了本县大户李家小姐为妻,同他一起经营产业，家财日益丰厚，在眉州号称首富。

程文应的夫人大家都称她程老太太。其实此时她还不到50岁，长得慈眉善目，生性古道热肠。乡里人家遇到灾难时，她都爱下阵"及时雨"，帮人纾解苦难。她还出资主持疏通了思蒙河河道，消除了程家嘴多年的水患。背地里人们便唤她"活观音"。

程家长子程浚，这年28岁，长得像父亲，精明而多些狡诈，多谋而心胸狭窄。他善于读书，精于科考门道。

程家小女儿程氏，小名雪儿，生于大中祥符三年（1010），和大宋仁宗皇帝同年。这年14岁，正是花季少女，豆蔻年华。因生于正月初八，时逢飞雪，蜀中少雪，甚为稀奇，父亲故以此为其小名。雪儿像母亲，长得秀丽端庄，苗条水灵，细眉大眼，秋水含情。她单纯善良，外柔内刚，既似母亲大度宽容，又敢于任事担当。而且她认准的事决不放弃，看准的路一走到底。她从小跟着哥哥在家里私塾读了些经史、诗赋，写得一手秀美小楷。她又留心父亲的生意，暗中揣摸，精于会计账目，熟悉生财门路。母亲出资整治思蒙河水患时，她便帮母亲操持财务，钱花得恰到好处，账管得清楚明白。有人送她一个外号：金算盘。这天，程雪儿更是兴高采烈，如同过年一般开心。哥哥得以高中进士，光耀门楣，做小妹的自然欢喜得紧。她帮着母亲跑进跑出，指挥着一批男女仆佣忙前忙后。

未时，一个仆人来报，报喜官差已在江边码头下船，马上就到。程文应忙率一干有头有脸的亲朋到大门口迎接。不一会儿，只见两名衣着鲜丽的官差，一人敲锣，连声高喊："恭喜程家大少爷高中！"一人手捧金花帖子，快步而来。程文应等赶紧迎官差进院，顿时鼓乐齐鸣，欢声雷动。官差读毕喜报，再次恭贺程家大少爷得中二甲进士第一百三十五名。程文应接过金花帖子，喜欢得下巴上胡子乱颤。他急忙跑进堂屋，把金花帖子供奉在神龛之上。

大院里，狮舞人欢，丝竹悠扬，众亲邻如逢年过节一般尽情欢乐。晚间，程家又大摆宴席，与众亲朋共同欢庆。程家庆贺儿子高中的酒宴，摆了整整三天，流水席不断。从州府、县衙官员到远近亲朋乡亲，统统雨露均沾，同喜共欢。

苏家老二和程家老大成为同科进士，一时在眉州引起了轰动，从此家家户户教育孩子无不以他们二人为榜样。不久，苏涣先授官宝鸡主簿，后回蜀任阆州通判。程浚授官雅州司户参军，后任丹棱知县。眉州学子从他们二人身上看到了希望，看到了锦绣前程，于是发奋学习，后来陆续中进士者数百人之多。此是后话不提。

转眼4年过去，苏家老三苏洵已满19岁，到了娶妻生子的年龄。此时的苏洵已不再上什么乡学、州学，也不管家里柴米油盐，要么在家读些经史，练练书法，画几笔山水，要么邀朋约友踏访青山绿水，流连于名胜古迹，也没太把自己的婚事放在心上。可苏老爷子和史夫人却不能不操心。这一两年来，他们一边托人打听哪家有合适的姑娘，一边差不多天天把自己知道的、眉州境内数得上的人家的女儿盘算一番，看看与自家老三是否相配。可翻来覆去一一对比，总是高不成低不就，似乎就没有特别对眼的——只好继续寻寻觅觅。对于儿女的婚姻，自古以来父母都看得比天还大、比地还重，因为毕竟关系儿女一生的幸福。

无独有偶。那一江清流下游青神县程家嘴的程家，也在为幼女雪儿的婚事犯愁。从雪儿刚满16岁起，上门提亲的人家、媒婆，几乎要把程家的门槛踏破。其中不少家产丰厚、家人为吏的。但一说起家世文化、男方人品，雪儿就是没一个满意的。程文应和夫人宠坏了这个小女儿，当然不愿去逼着她非得选谁、非得嫁谁，只得放任自流。这样一拖，雪儿已经18岁了，尚待字闺中。雪儿是个有主见的女孩儿，她的理想夫君，不需要家财万贯，家世显赫，而要知书识礼，好学上进，体贴温柔，儒雅潇洒。她生长在富裕之家，锦衣玉食、钱财珠宝于她只是俗物。

俗话说，有缘千里来相会，无缘对面不相逢。一条岷江哺育的苏家村、程家嘴，一家儿子急着娶，一家女儿急着嫁，本身就是天大的缘分。因此苏家和程家牵手，就是上天注定，早晚的事了。

一日，苏家史夫人的弟弟史达来探望姐姐、姐夫。苏序夫妇自然十分高兴，治酒热情款待。苏澹与苏洵兄弟也来作陪，敬舅舅两杯酒。席间难免又说起苏洵的婚事——毕竟这是苏序夫妻心目中的第一要务。听说外甥儿苏洵尚未觅得合适的姑娘，史达不由也动起心思来。他端着酒杯沉吟着，在大脑里迅速检索自己认识的人家的闺女。突然，他叫了一声："有了！这不是放着一桩好姻缘在那里吗！"

听史达这么一叫，苏序夫妇不由喜出望外，脸上露出企盼的神色。苏序连忙放下筷子问道："兄弟，你快快说出来听听，是哪家的姑娘？"

"莫急，莫急，听我慢慢说。"史达喝了一口酒，故意卖个关子。

"哎呀，你真急人，快说快说！"史夫人也催道。

看姐姐、姐夫如此着急，史达也不便再端着，连忙说："好，我说，我说。这姑娘不是别人，就是那青神县程家嘴程文应的女儿，小名雪儿，今年18岁，刚好与洵儿年貌相配呢！"史达说毕，得意地又喝了一大口酒，用手抹了抹嘴。

苏序有些疑惑："你为何知道得这么清楚呢？"

史达哈哈一笑:"说来巧了,正好我与程家在丝绸生意上有许多往来,前不久才去过程家,还见到了程家小姐,真是既漂亮又贤惠,还知书识礼。听程老爷说,去他们家提亲的不少,但小姐没一个中意的。"史达说完,把杯中酒一饮而尽。他眨眨眼,神情颇有些自得,似乎这桩婚姻就要因他而成。

"程家家世固然好,听你说那姑娘人品也不错,但是……"苏序神情从惊喜变得有些落寞,语言也有些迟疑。

史达听出姐夫"但是"后面的弦外之音。程家乃眉州首富,不但田广地多,宅院宏大,而且涉足商业,生意做得风生水起。不仅青神县城里有丝织坊和丝绸店铺,就是眉州城里,也开有一间大大的丝绸行,还有一间名气颇大的刻印坊,在益州都数得上呢!姐夫的担心必定是程家小姐虽好,可程家未必看得上苏家。

想到这里,史达慨然说道:"姐夫,你不必'但是'。我明白,你是担心程家看不起咱苏家。他程家固然家世显赫、家产丰厚,可咱苏家也不差。我听说,咱苏家先祖乃唐朝武则天时宰相苏味道,后来被贬到眉州任刺史,若干年后升任益州大都督府长史,只是尚未到任便去世了。他有一个儿子留在眉州,传下你们这一支。虽然前几世没出什么显赫人物,但二侄子四年前与程家老大同榜高中,光耀门楣,苏家中兴之气已显。从这一点上看,两家可以说是门当户对。"史达一口气说出苏序的疑虑,并道出了无须担心的理由。

"嗯,你说得也有些道理!"苏序捋着下巴上的胡须点点头。

"再说,咱洵儿天资聪颖,性格沉稳,读了无数经史,游历不少名胜,眼下虽然没有进仕,但未来不可限量啊!"史达说罢,拍拍身旁苏洵的肩膀,鼓励道。

"对洵儿我倒是一点儿不担心,他个性独特,也许大器晚成。"苏序对自己的眼光颇为自信。

史夫人在一旁听得眉开眼笑,对史达说:"好好好,兄弟,你说这些姐爱听!"她转向苏洵道:"洵儿,你对程家姑娘可满意?"

一直听大人们议论自己的婚事,苏洵有些不好意思,脸上不由微微发红。对于程家,他当然听说过。四年前苏程两家一起出了进士,眉州没人不知道的。作为当事之家苏家人,苏洵就更是把程家记在了心头。只是不知程家还有个女儿。他想,除了经商外,出了进士的程家一定也是诗书之家,这样人家的姑娘,自然不会差。于是回答他娘道:"婚姻大事,儿子当然听你们的。"

"好!既然洵儿也无异议,此事就交给我来办!"史达爽快地说,"我先去程家探个消息,如果程家也有意,咱再正式前去提亲,这样大家都有了面子。不知姐夫、姐姐以为如何?"

"如此极为稳妥,甚好,甚好!"苏序拊掌连连点头。史夫人自然也十分赞同,脸上一片喜色。

过了两天,史达专程去了青神县程家嘴程家,把苏家有意提亲的消息告诉了程文应。这程老爷子听了是一喜一嗔。喜的是苏家这一举动带来了美好姻缘的新希望;嗔的是自己咋早没想到这个门当户对的苏家呢?不过,做事向来稳重的程老爷子在感谢史达带来苏家美意的同时表示,这事全家要好好商量后再给予答复,请苏家耐心等几天。

送走史达后,程老爷子赶紧让管家程云去丹棱把任知县的儿子程浚叫回来商量。

第二天晚饭前,程浚方赶回程家嘴。一家人便在饭桌上讨论起雪儿的婚姻大事。

对于苏家打算提亲的事,程浚听管家程云说了,这一路上也一直在思忖。他给出的答案只有三个字:不同意!

答案虽然简单,理由却很繁复。程浚此人虽说是进士出身,也算是饱读诗书,但他满脑子世俗观念,说穿了,就是为人势利和目光短浅。他说:"从表面上看,苏家与程家门当户对,都是进士门楣,官宦人家。苏家老二苏涣与我的官职也差不多。但是,其他条件就完全不能比了。一是家财。我程家巨富,光是肥美田地就不知是苏家的多少倍;至于程家拥有的织丝坊、丝绸铺、刻印坊、竹编坊等产业,苏家无一拥有。二是家风。我程家治家甚严,上上下下规规矩矩。听说苏家老爷子自己就是个马大哈,不讲尊卑,跟什么人都可以混在一起。老三苏洵都19岁了,也不催着他考取功名,反而听之任之,随他四处游玩,学与不学,考与不考,他统统不管。妹妹嫁给这样的人能有什么前途?三是我最担心的,怕妹妹嫁到苏家吃苦。程家奴婢成群,什么事都有人伺候着。到了苏家,怕是要自己操持家务,还要伺候公婆。听说他家还有个宋太夫人,更是难将就呢!妹妹娇生惯养,哪里能吃这样的苦?"

程浚一口气把自己的理由倒了出来,显然是经过深思熟虑的。

程老爷子沉吟了一会儿说:"浚儿的话不无道理,但我以为程家与苏家的姻缘似乎是天注定。你与苏涣同榜进士,同朝为官,这难道不是天生的缘分吗?而且,眼下在眉州也只有苏家才有这种家世,他家的远祖还当过宰相呢!这是其一。苏家虽然说不上富裕,但毕竟有一顷多肥田,雇人耕种,每年收获颇丰,足以称为小康之家。苏涣做官后,薪俸除了养自己的小家外,每年还可以补贴父母一些家用,苏家日子便更好过了。这是其二。听说那苏洵虽然有些贪玩,但人极聪慧,也读了不少书,现在年纪尚轻,焉知今后没有大作为?这是其三。程、苏两家联姻不管从哪个角度讲,都是有利的。我看这个亲家可以结。"

"听史家舅舅说,苏洵这孩子长得眉清目秀,性格沉稳温和，不多言多语，没有坏毛病，人品是极好的。这样的人知道疼媳妇儿，女儿嫁过去不至于受气。"程老太太也补充道。做母亲的更看重女婿的个人品行，怕的是女儿吃亏。

"小妹，你自己咋个想？"程浚看二老似乎对苏家颇为中意，自己也不好太拂了父母的心意，于是转向雪儿问道。

雪儿不愧是大家闺秀，对于自己的婚姻倒是敢于拿主意："听说苏家老爷仗义疏财，颇有侠气，在乡里名声极好。他待人宽厚，从不勉强子女做什么；史夫人也是个菩萨心肠，对子女极慈爱的。这样的家庭应该容易相处。另外听说苏洵经史还是学得不错的，只是对声律、诗词等不太感兴趣。来日方长，他在父兄影响下，不怕学业不长进。只要丈夫人品好，这便是女人的福分了。至于家财少点，房子窄点，饮食粗点，那都不重要。若是爹爹、娘亲赞同这门婚事，女儿自然愿意。"

这样一来，程家赞成与反对与苏家联姻的意见成了三比一。程浚见自己处于孤立地位，倒也不硬杠。他知道父亲是个有独到眼光的人，要不然在社会上和生意场上不可能有如今的地位。况且官场上讲的是相互帮衬，自己与苏涣成为姻亲兄弟后，也可以彼此照应。想到这里，他讪讪地笑了笑说："既然父亲、母亲大人都赞同，小妹自己也乐意，我这个做儿子、做兄长的还能有什么？那就让苏家来正式提亲吧！"

通过苏家纳采、问名、纳吉、纳征、请期、亲迎六礼皆备，北宋天圣五年（1027）秋天，19岁的苏洵欢喜地娶程家小女儿为妻，程雪儿成了程夫人。程家的嫁妆非常丰厚，除了全套家具、日常用品、绫罗绸缎外，还有一辆豪华马车，自然也有金银、玉石首饰无数。程家还送来一位聪明伶俐的陪嫁侍女，刚满16岁，名叫夏荷。所以，从某种意义上讲，苏洵可以说是"财色双收"。

雪儿出嫁的头一天晚上，母亲程老太太来到女儿的闺房，与女儿话别。她嘱咐女儿道："雪儿呀，你在家里长到18岁，爹娘没让你受一点儿委屈，你哥也总是让着你、护着你。可是你到了苏家，就完全不一样了。你是苏家儿媳妇，除了照顾好丈夫，还要侍候公婆，以及长期生病的伯伯，甚至还有一个奶奶，你身上的担子不轻啊！今后你还要生儿育女，养育孩子的艰辛就更不用说了。苏家的生活状况也不比家里，吃的穿的肯定不能随心所欲。这些你都要有思想准备，免得到时候你心里失落，难过，日子过得像苦瓜似的。那娘可要心疼死了！"

娘的话让雪儿心头温暖而熨帖。她明白，只有自己的亲娘才说得出这样的体己话。雪儿靠在娘的怀里，眼里含着泪水，看着娘说："娘啊，你说的这些女儿都想到了。我嫁到苏家，就是苏家的人，他们家人厚道、良善，想必不会难为女儿。我就把自己当成苏家的女儿，孝敬好长辈，伺候好丈夫和大伯，担起这个家。相信女儿有这个胸襟和能耐。至于吃穿，苏家断不会让女儿饿着冻着，只要一家人和睦亲爱，就算粗茶淡饭，吃来也是香甜的。我一定要让丈夫有出息，将来让自己的儿女有出息。我觉得这才是作为女人的价值，就像娘成就了爹爹和大哥一样。"

原来雪儿的心里，一直把母亲当作榜样。她认为像母亲这样的女人，成就了商界巨子的丈夫，培养了高中进士的儿子，这就是成功的女人。在当时的社会里，作为普通女人，不能像男人一样通过读书进入官场为国效力，甚至也不能从事其他职业。于是，她们的理想只能通过男人去实现。相夫教子，成就她们的丈夫或儿子，这就是她们最大的心愿。就像女人的另外一个最大心愿——希望嫁给一个自己喜欢同时又爱她们的男人。程老太太听了女儿的一番话，心里也踏实多了，她胸中也油然升起一股骄傲和自豪。她觉得，要出嫁的女儿真的长大了。

当天晚上，雪儿做了一个长长的梦，她梦见自己和丈夫生了一堆儿女。儿子个个高中进士，锦袍玉带；女儿嫁得佳婿，生活美满；丈夫也飞黄腾达，人人敬仰。自己开心得笑啊，笑啊，竟然一直笑醒了。

于是，雪儿带着这个美丽的梦想，欢欢喜喜地嫁到了苏家。

第二章 劝 学

秋意点染着平坝上的苏家村。水稻收割后的田里,留着浅浅的禾桩。成群的白鹅、麻鸭在田里游荡,嬉戏,不时低头啄着水里的鱼虾。水波荡漾,形成一圈又一圈涟漪。村口站立起了高高如塔般的稻草垛,这是冬天水牛的草料。苏家院子里的几株柚子,已经挂上了绿油油沉甸甸的果实,时不时随风偷送着清香。

沿着一条三倒拐的石板路,便从村口走到岷江边码头。平缓流动的江水比夏天时浅了许多,江面也窄了许多。此时的江水清澈碧绿,在阳光下泛着金波。江边满是大大小小的鹅卵石,还有一块小小的沙滩。江上常有商船上下穿梭,船头犁开的江水形成波浪,不断地向两岸延展,在岸边绽放成小小的浪花。两条柳叶形的渔船靠在江边歇息,船头上蹲着一只时不时呱呱叫唤的鱼鹰。

一对俊俏的年轻人来到江边,欣赏着这优美的江景,吹着温柔的江风,陶醉在甜蜜的依偎里。他们正是新婚燕尔的苏洵和雪儿。

二人洞房花烛之后的日子充满了柔情蜜意。金秋里的蜜月尤其舒适而浪漫。新郎苏洵常常带着新娘雪儿去石佛山上寻觅美景,采摘野果,给雪儿用野花野草编织美丽的帽子。他们也时常来到岷江边,有时坐在码头看过往的船只,有时乘船在江上游玩。迎着呼呼江风,雪儿会唱起家乡的小调,歌声婉转而清丽:

哥哥你从桥上过吔,妹妹桥下来洗衣;哥哥上京考状元吔,妹妹我是状元妻。

古人云,诗言志。其实歌也言志。雪儿看似无心随口唱出的家乡小调,其实寄托着她心中的企盼。

可单纯而率性的苏洵却没有听出雪儿歌声里的弦外之音。虽然他聪明,但思维像笔直的竹竿,从来不会拐弯。他怎样想就怎样说,怎样说就怎样做,而且他认为别人也是如此。青春年少的他此时没有任何压力。父亲虽然年近六旬,但身体尚好,招呼家里的雇工耕种自家的一顷多田土,督促他们适时播种、管理、收获并不吃力。饭桌上的四季蔬菜都来自自家菜园，家里还养着马、耕牛、肥猪，当然少不了鸡、鸭、鹅等等家禽，水田里畅游着鲫鱼和鲤鱼。家里至少存储着可以吃两年的粮食，不必担心发生灾荒。多余的粮食和农副产品，会在收获后卖掉，换回农具和其他生产资料，当然包括穿的布匹丝绸，吃的盐茶糖醋等。自给自足，是当时成都平原上农家的普遍风景。因此，家里的事根本用不着苏洵操心。

年轻的程夫人此时正从程家小姐向苏家儿媳过渡。苏老爷子是个大度的人，待雪儿如同女儿；史夫人为人宽厚，从不对雪儿挑剔。雪儿心里明白，自己到了苏家，就基本上不再是程家的女儿，而是苏家的女儿。像女儿一样对待公婆，想必公婆也会把自己当作女儿。因此，雪儿把公公婆婆当作父母来尊敬、孝顺，很快便赢得了公公婆婆的喜爱。

在苏家，苏洵的奶奶宋太夫人是个比较难伺候的人，可以说严厉而苛刻。她喜欢安静，有时人们从她的卧室门外路过，脚步重一点儿或说话声音大一点儿她都要发火，往往从屋里冲着门外吼叫。雪儿了解了奶奶的脾气，就像自己的奶奶没去世前一样。老人跟孩子差不多，有些时候喜欢安静，不喜欢噪声；可又怕寂寞，希望有人多陪伴。雪儿从奶奶门前过，总是注意放轻脚步，基本上做到无声无息。她每天总要花些时间去陪宋太夫人说话，听老人唠叨，讲她过去的美好时光。老人大都喜欢甜食，雪儿就亲自下厨为宋太夫人做。老人牙不好，自然喜欢饭菜软烂些。雪儿会常常做猪肘，炖得烂烂的，肥而不腻，宋老夫人特别喜欢吃。于是，老太太很快把雪儿当作家里最亲的人，喜欢得不要不要的。

甚至周围的邻居也喜欢雪儿。起初邻居们以为雪儿是大户人家的娇小姐，一定高傲而小气，难以与人相处。没想到雪儿却乖得像邻家小妹，能干而又聪慧，热心而又谦和。若是哪家有了困难，雪儿会真诚地去帮上一把。于是，没多久雪儿便与邻居们打成一片，呼姐唤妹的了。

在家里，雪儿也会陪苏洵读会儿书，写会儿字，或者自己做点女红。苏家的饭菜虽然没有程家精致、讲究，但品种还是较为丰富的，至少还是殷实人家的派头。而且青神和眉山毗邻，同在岷江边，共饮一江水，饮食习惯相同，雪儿自然过得满意而踏实。

而且雪儿对苏洵这个男人还是满意的。苏洵长得一表人才，五官俊朗，身材适中，年纪虽轻但性格沉稳。虽不善于花言巧语，也极少海誓山盟，甚至也没有那么多花前月下，但他对雪儿的体贴、疼爱是显而易见的。嘘寒问暖自不必说，好吃的东西总是让着雪儿，他不愿让雪儿受半点儿委屈。雪儿最喜欢的是苏洵没有那种大男人的脾气，反而对雪儿还有几分敬重。雪儿出身大户人家，对事物的见解，对家庭的管理，都有自己的道理和方法。而且雪儿的学识也不差，对历史典故非常熟悉，有时甚至令苏洵也暗暗称奇。前面说过，雪儿还能写一手优美的小楷，这也是苏洵佩服的原因。所以，小夫妻俩的主意，多数时候竟然是程夫人拿。

可是，过了没多久，程夫人的满意和踏实却被渐渐滋长的失望所侵蚀。

苏洵人是十分聪明，但读书并不十分上心，他不像二哥苏涣读书那么扎实，往往凭着兴趣，常常浅尝辄止，一有所得，便把书扔到一边去了。而且他可以说是一个偏科生，不喜枯燥的句读和声律音韵及诗赋，而对于经史比较爱好，诸子百家广为涉猎。用现代语言来说，他喜欢观点性、思想性强的典籍，喜欢思考现实问题，并试图用自己的思考去解决问题。因此，他很有辩才，在同辈人中喜欢争论问题，而且引经据典，常常把同龄人驳倒。雄辩，是苏洵特有的才能，这也为他今后写出针砭时弊的滔滔雄文打下了基础。

苏洵又是一个"脚野"的人，他的眼光高远，总是望着名山大川。如果说他是铁打的人，那外面的世界就是巨大的磁铁，仿佛有人在竭力把他往外拖，家里似乎总也留他不住。新婚没多久，他的脚又开始"发痒"了，喜欢外出游玩的毛病复发。若是当代，带着新婚妻子旅游度蜜月，自然浪漫而惬意。而那时，已婚女人似乎只应该埋头于灶头、床头，而不得抛头露面。游山玩水似乎只是男人的专利。于是，苏洵从来没有想到携妻同游，而是常常呼朋唤友，周游四方。蜀中的峨眉山、青城山，一个是佛教圣地，一个为道教名山，是他最喜欢游览的地方。因此，他与朋友曾数次前往，不但对两大名山的风光美景如数家珍，而且对其人文历史也烂熟于胸。古人云，读万卷书，行万里路，前半句苏洵不敢说做到了家，倒是把后半句名言实践得一点儿不差。

自然的见闻增长了，人文的知识增长了，社会的见识增长了，可就是求取功名的学识荒废了。苏洵也许压根儿就不想走科举求仕的道路。但程夫人不这样想，她从苏家二哥和自己大哥身上，看到了科举制度对人的培养，看到了一条成才的大道，看到了读书人的前途。她嫁给苏洵，看中的是苏家的家世、家风和苏洵的人品，她希望智商颇高的丈夫也能像苏程两家的两位兄长一样荣耀登科。就像她在小调里唱的那样：哥哥上京考状元，妹妹我是状元妻。

于是，程夫人心中原来的踏实变得越来越"踏虚"了，她心田里开始生长出烦恼和郁闷的藤蔓，而且还在不断地延伸，往心尖上攀缘。夜深，丈夫甜香的鼾声里，程夫人辗转反侧。她开始思考，如何才能引导丈夫走上科举求仕之道。她觉得，自己有责任规劝丈夫，让他从走偏的没有希望的荒凉野径上，回到前程光明的康庄大道上来。

于是，在新婚不久后的一天夜里，就寝之前，夫妻俩进行了一番对话，程夫人开始了自己的策略性试探。

"相公，咱们家两个哥哥同榜高中，同时做官，既让苏家、程家有面子，又让自己既有面子又有里子，这应当算是一段佳话、一桩美事吧？"程夫人一双慧眼忽闪着，巧妙地引开了话题。

"夫人，这还用说。真宗皇帝在《劝学诗》中说：'富家不用买良田，书中自有千钟粟。安居不用架高堂，书中自有黄金屋。出门莫恨无人随，书中车马多如簇。娶妻莫恨无良媒，书中自有颜如玉。男儿欲遂平生志，五经勤向窗前读。'这些金玉良言天下无人不知，真正说到读书人心里去了。不少胸怀天下的人，纷纷通过科举而入仕。咱大宋朝做官俸禄优厚，可谓名利双收。这样既可以改变自己的命运，还可以为民谋利，为国担责，作为治国之能臣，兴许还能名垂青史呢！"苏洵毫不犹豫地回答道。

"既然相公有如此高妙的认识，是不是也想效法二位兄长呢？"程夫人紧接着问。

"夫人，读书人成才的道路千万条，绝非只有科举一座独木桥。我并非不想效法二位兄长，但我对句读、声律、诗赋这些东西就是不感兴趣。比如科举考试主要考诗赋，诗赋做得不好便难以登科。你说诗赋做得好那官便做得好吗？这不实用嘛！我认为应该考学人对强军富国、为民谋利的真知灼见才对。"苏洵侃侃而论。

不能不说，苏洵此论非常有见地。直指当时科举考试内容单一、极不实用的弊端。程夫人不由得在心中对丈夫暗暗起敬。但这考试内容是朝廷规定的，所有的读书人都只能遵循，个人是无法改变的，这也是事实。自己的丈夫以此来作为不愿意参加科举考试的理由，说明他特立独行。当然，也可以看成他不想读书的托词。

于是，程夫人改变方法，准备直接强攻："相公啊，我想请教你一个问题。你说西楚霸王项羽为什么最后会输给刘邦呢？"

楚汉相争的故事，苏洵当然耳熟能详。但项羽败在刘邦手下的原因自己倒是没有认真思考过。他沉思了一会儿回答道："大概是刘邦善于用人，手下谋士武将众多，也就是以人才多取胜吧！"

"相公，我觉得不尽然。项羽这个人有个最致命的毛病，就是学习、做事不专一，没有定力。这样的人怎么能成大事呢！"程夫人摇头道，脸上滑过一丝不易察觉的笑。

"何以见得呢？夫人不妨说来听听。"苏洵是个实诚人，他丝毫没有感觉到夫人在给他挖坑。

程夫人说:"那我且姑妄言之,相公你姑妄听之。《史记》中写道,项羽年少时,对读书就毫无兴趣,怎么也读不进去,最终丢了书,逃了学。学文不成,项羽又去学剑道。但剑法未精,项羽又不肯学了。他叔父项梁火冒三丈,说你这小子文不能文,武不能武,到底要干吗?项羽说了一番歪理:读书没啥用处,只要会写自己的名姓就可以了;剑一人敌,没啥学头,要学就学万人敌。见项羽有如此雄心,项梁不禁转怒为喜,于是又教项羽兵法。项羽开头还蛮有兴趣,但没几天便故态复萌,'略知其意,又不肯竟学'。看看,他连学习都没有定力,做事又怎能有定力呢?这就是他的悲剧原因之所在。"程夫人一口气把这个故事讲完。

苏洵听罢,若有所思:"夫人见地果然高,读书、做事,确实需要定力!小生受教了!"末了一句,苏洵虽然只是玩笑话,却也道出了心声。

程夫人见苏洵心有所动,便也就点到为止。二人吹灯就寝,自是一番恩爱。

然而,苏洵第二天一觉醒来,却并未从此就发愤读书。头晚与夫人的对话早丢进岷江,顺水东流了。他大抵上还是三天打鱼两天晒网,全凭兴趣,想读则读,不想读便把书扔在一边,游他的山,玩他的水去了。

程夫人无奈,一边先放他一马,一边再思考别的劝谏办法。

于是，程夫人决定同公公苏序谈谈，看老爷子能否让丈夫用功读书。

一天，程夫人与公公聊及苏洵读书的事，希望老爷子能劝劝丈夫。

但老爷子却不以为然地说："雪儿呀，你丈夫是一个极聪明的人，他不是不能读书，他是有选择地读书。在学校里、在家里是读书，去名山大川游历也是读书，只是形式不同罢了，就随他去吧！"

苏家老爷子虽然没有读过老子的大作，但在教育子女这个问题上，他崇尚的是无为而治，顺其自然。他从不勉强三个儿子要如何读书，读什么书。"狗大自咬，儿大自巧"是他的口头禅。他相信孩子大了，懂事了，自然就知道努力了。苏序年轻时也读过些书，但他似乎并没怎么读进去，大抵上也就在书边上打转转——因为他实在不是很喜欢。因此他从未参加过科举考试，更喜欢的是行侠仗义，行善助人。不过，到四五十岁时，老爷子突然诗兴大发，狂热地吟起诗来，而且一发而不可收。他写诗题材不限，往往是见到什么写什么。上至国家大事，下到鸡毛蒜皮，无论绿水青山，还是农耕渔樵，统统入诗。他写诗敏锐快捷，倚马可待。到他去世时，三十来年里，一共写诗数千首。如此看来，老爷子纵然不算文坛上的著名诗人，至少可称乡村里的高产诗人。虽然老爷子写的诗不一定很符合格律、规矩,但能抒发胸臆,表现真性情。苏洵后来写家谱时都称老爷子的诗表现出他"豁然伟人"的气质。也许,老爷子写诗还有另外一层意思,因为苏洵不喜欢诗赋、声律,他想以此来激励儿子也未可知:瞧,我这把年纪了还学写诗,你有什么不可以的呢?

不过,老爷子的教子方法,未必别人都能接受。至少程夫人是接受不了。老爷子这样说,只是让程夫人明白了,丈夫读书的随心所欲,也是公公放任自流的结果。既然如此,她还能说什么呢?她只得把淡淡的失望与忧郁埋进心底。

过了没多久,苏洵又闹出一件荒唐事,让程夫人心里更加难过,更加失望。一天,苏洵又想出去游玩,而且要驾着夫人陪嫁的豪华马车与两个朋友去兜风。程夫人也不便劝阻,只是让相公早去早回。可是,苏洵与朋友一去就杳如黄鹤,好多天没有一点音讯。程夫人不由得有些担心和着急。可老爷子苏序却满不在乎地说:"三个大男人出门,能有什么事?大不了多耍几天而已!"

果然,过了十几天,苏洵形单影只地披着一身风尘回来了。他脸上似乎经了些风霜,眼里却闪烁着喜悦。当然,在看到程夫人的那一刹那,也晃过一丝尴尬。程夫人在他身后左看右看,不见那辆豪华马车的踪影,便问苏洵咋回事。苏洵不敢正视程夫人的眼睛,耷拉着眼皮,从喉咙里好不容易挤出蚊子鸣叫般的声音:卖了。

原来,苏洵和二位朋友赶车出门,只觉得十分拉风,一时兴起,便想来个自驾行,干脆上成都玩儿一把。三人轮流驾车,扬鞭策马,一路欢歌,一路笑声。他们都是第一次到成都,对繁华都市里的一切都感到新鲜,便在花团锦簇的芙蓉城里驾着豪车招摇过市,四处游历。武侯祠、杜甫草堂、大慈寺、西园、合江园等名胜古迹,都留下了他们亢奋的足迹。三人流连成都美景,遍尝成都美食,畅饮成都美酒,到最后,直玩得囊空如洗。可是回家还得要几天呀,没了盘缠可是寸步难行。苏洵心一横,干脆把那辆豪华马车在成都连马带车统统卖掉,又逍遥快活了些日子,然后与两个哥们儿买舟回家。

来到成都万里桥码头,迎着呼呼江风,苏洵不由迸发出思古幽情。他对同伴说:"当年诸葛亮在此送费祎出使东吴,说'万里之行,始于此桥'。后人遂将此桥改名为万里桥。我等今日也效法古人,从此处启程,吟风弄月,舟中举樽,岂不妙哉!"二位同伴齐声叫好。于是三人乘船沿岷江顺流而下,饱览山川景色。就舟中烹鱼饮酒,聊古论今,过得十分惬意,与驾车游又是一番不同的体味。这一来,苏洵早把卖了夫人马车的歉疚抛到江风中去了。

苏洵这回倒是玩开心了,玩舒服了,玩激爽了。可是，程夫人心里却很不是滋味。你游玩便游玩吧，狂野便狂野吧，可为啥要把我陪嫁的马车也卖了？这只是一驾马车吗？这是父母的爱，这是娘家的情，这是自己的念想和寄托啊！相公啊相公，你就一点儿不明白吗？

生气归生气，埋怨归埋怨，但程夫人并没有大吵大闹。大家闺秀的风范不允许她作小女人态。在苏洵父母及其他家人跟前，她得给丈夫留足面子，她对苏洵体贴照顾依然如故。而晚上在卧室之中，她便用沉默与面无表情表示自己的抗议，并连续几个夜晚用玉背对着丈夫来表示自己的不满。她心里飘着大雪，刮着寒风，飞着眼泪。

苏洵知道这次祸闯大了，先是嬉皮笑脸地哄妻子，可雪儿依然不理不睬。在床榻之上，苏洵试图扳过妻子的身子，可他一松手，雪儿又翻过身去，以背示威。

苏洵见实在蒙混不过去，只好在床头老老实实地认了错："夫人啊，实在对不起！我知道这次玩过了火，伤了你的心，损了你的情，更重要的是辜负了你的期望！恳请夫人原谅，我发誓再也不干这种荒唐事，并且一定好好读书，努力上进！"

俗话说，年轻夫妻闹别扭，床头吵架床尾和。见丈夫言辞恳切，确有悔改之意，程夫人也就鸣金收兵，趁势劝相公在家好好读书，准备参加科举考试。因刚犯下了大错误，苏洵也就满口答应。程夫人自然转怒为喜。

不过，程夫人的喜悦终究是短暂的。几天过去，犯错的事似乎烟消云散，苏洵又现出原形。他把科举考试要读的那些书扔到一边，依然读他喜欢的儒释老庄、兵法农墨。再过数日，他那双患有"多动症"的脚又闲不住了，一会儿又想出门溜达。而且他那帮"驴友"们也时不时找上门来，要拉他出去"放风"。程夫人不愿意丈夫背上一个怕老婆的名声，自然只好听之任之。于是，陪嫁马车换来的些许宁静，又让位于苏洵原来的随波逐流。

可程夫人仍未死心，她不愿意放弃自己的努力，她是一个信念极强的人。她想用另一种方法来刺激丈夫对诗赋的学习。一天晚上，程夫人对苏洵说："相公啊，科举考试目前最重要的是诗赋，你可要用心学啊！"

"我也明白，可是我对音韵那些就是不'感冒'，学起来头疼！"苏洵老实地回答道。

"那我就帮你治一治这头疼。"程夫人接着说，"我们约法三章，每天你必须作十首诗，作完，上床睡；作不完，睡床前的踏板以示薄惩。相公以为如何？"

"我不答应行吗？"苏洵想耍赖。

"不行，我得逼一逼你，也许这样才能逼出来！"程夫人这回是下定了决心。

"那好吧，没什么了不起，大不了睡踏板！"苏洵嘴里嘟哝着。

那时的床比较高，因为夫妻大都带着孩子睡，为了防止孩子掉下床，这床沿有一个挡板。床前安着一个可以移动的踏板，就像一条低矮的大板凳，跟床一样长，大概有一个人那么宽。人们睡觉时把鞋子放在踏板上，踩着踏板上床。不让丈夫上床而睡踏板，自然是一种惩罚行为。除了肉体上的折磨，更重要的是精神上的惩戒。

第一天下来，程夫人检查作业，苏洵作的七律诗，十首完成了八首。而完成的八首，在格律上也没那么规范。

到睡觉的时候，苏洵照往常一样，往床上就是一躺。程夫人婚后第一次正色道："相公，君子一言，驷马难追，莫非你要食言？"

看到夫人脸色大变，苏洵心里直发毛，心想这回可是当真了，耍赖皮怕是耍不过去了。于是把心一横：睡踏板就睡踏板！他把被子一裹，便睡下了。床前踏板窄，勉强睡下，可根本不能翻身，一翻身就会滚到地上。苏洵小心翼翼地睡在踏板之上，一时半会儿也睡不着，只听床上的夫人也是一会儿左翻身，一会儿右翻身，辗转难眠。他心里虽然大有触动，但那些令人烦恼的音韵格律，又压倒了他要想奋发努力的冲动。终于，他在胡思乱想中沉沉睡去。至半夜，苏洵几次扑通扑通地翻下踏板，在地上摔醒后又继续爬上踏板糊里糊涂睡去。

第二天，苏洵只作了五首七律。晚上，他嬉皮笑脸地对程夫人说:"夫人,我看就算了吧,昨晚我几次翻下踏板,觉都没睡踏实,哪里有精力作诗?"

程夫人严厉地道:"不行,才第二天就想打退堂鼓啦?"

见夫人认真,苏洵无奈,只好又裹着被子睡在了踏板之上。可他心里依旧不以为然。不过他可睡出经验来了,死死靠在床的那一侧,绝不翻身,居然一宿没有掉下踏板来。

第三天,苏洵居然交了白卷。到了晚上,他不再跟夫人争论,自己把被子裹住,抢先睡在了踏板之上。

程夫人看在眼里,急在心里。她躺在床上,久久不能入睡。她想,本来呢是想用这个办法逼一逼相公。但看来毫不管用。一个人如果自己内心没有动力,再怎么逼也逼不出来,他反而用消极的办法来应付。尤其是在读书这个问题上,倘若他不是为自己而读书,只是为别人而读书,他能够全心全意吗?他能够有热情吗?他能够坚持不懈吗?恐怕还是得他自己想通了,有积极性了,有动力了,才真正读得进去,才真正知道用功。想到这里,程夫人心里也就释然了。她想,她再也不去逼丈夫读书,再也不提让丈夫参加科举考试的事。

第二天早上,程夫人郑重其事地对苏洵说:"相公,我昨晚一夜未眠,想的都是你读书的事。看来逼你也没用,甚至起反作用。从今天开始,我再也不操心你读书的事了。你愿意读什么就读什么,愿意读多少就读多少。不过,父亲年纪大了,你也该替他分担些家里的事情了!"

见夫人如此说,苏洵心里也升起一些愧疚。这些日子,自己确实读书、养家都没有做好。父亲嘴里不说,但自己心里明白。夫人心直口快,说得很有道理,一个人总得做点什么。想到这里,苏洵回答夫人道:"夫人说得对,我还是按自己的想法读书,努力学以致用。另一方面帮父亲管理一些田地里的事,减轻他的负担。"

从此,苏洵帮助父亲管理一些种地的事,无非是督促请的长工们春播夏管,秋收冬藏。同时,也让他们种好果蔬、花草,养好牲畜、鸡鸭,把家里日子过得滋润些。此外,花些时间陪陪夫人,画几笔画,写两幅字,读一会儿书,日子就这样一天天打发过去了。

婚后不久,程夫人怀孕了。苏洵非常高兴,除了雪儿的侍女夏荷悉心照顾外,苏洵也对妻子关怀备至。他希望这第一胎就是个儿子。第二年,程夫人生了一个女儿。正好20岁的苏洵虽有点失望,但毕竟是他和雪儿的第一个孩子,心里还是十分宝贝。一家人都喜欢得不行。可是,大家越是珍爱,上天却要妒恨。这孩子还没满周岁,便因病夭折了。

长女夭亡,苏洵夫妻俩难过了好些日子。好在二人还年轻，过些时候也就淡忘了。天圣八年（1030）春天，程夫人又怀孕了。一家人又兴奋起来，成天围着雪儿转，都盼着她给苏家添个男丁。

苏洵更是开心不已，想方设法让雪儿心情舒畅。他外出游历回来，就把自己的所见所闻讲给雪儿听。一些有趣的事常常让雪儿开怀大笑。

转眼秋天到来了，这个收获的季节里，程夫人的肚子也越来越丰满。

苏洵依然还是管不住自己的腿，时不时出门溜达一番。在秋高气爽的日子里，苏洵乘船溯岷江而上，再次到成都游玩。不过，他此行有一个重要的任务，就是要去玉局观朝拜张天师，求他保佑夫人这次生个儿子。

在九九重阳节这天，秋阳高照，玉露金风。苏洵来到了成都城北的玉局观。此观名气甚大，据说是张道陵张天师得道之处。这个地方名叫玉局化。传说后汉永寿年间，太上李老君和张道陵来到这里，突然凭空从地下冒出一张局脚玉床。于是李老君升坐玉床，为张道陵传授《南北斗经》，张天师因此得道。李老君升天之后，此处形成一天然洞穴。后人便把此地叫作玉局化，并建起一座道观，自然名叫玉局观。正是因为有这个渊源，在北宋时期，玉局观香火十分兴旺，据说人们在此许愿十分灵验。玉局道观规格很高，住持道观的官员叫提举，须由朝廷任命，基本上是半退休状态官员的归宿。

苏洵虔诚地拜了太上老君和诸位神仙后，来到天师堂。他向张道陵天师诚心祷告，保佑自己这回得个儿子。他见天师堂里挂着一幅张天师画像，真是仙风道骨，栩栩如生。这个眼缘让他一下子就喜欢上了这幅画像，便想迎请回家。可守堂道士说这画像乃是镇堂之宝，绝不出卖。苏洵求画心切——其实是求子心切，于是找到道观提举，再三请求。为表示诚心，他取下身上佩戴的一个精美玉环，作为给道观的供奉。道观提举深感其诚，终于答应。

苏洵请得张天师画像，喜不自胜，马上乘船返家。回家的水路是由岷江向下游行，自然顺风顺水，比去时快了许多。回到家里，苏洵把张天师画像恭恭敬敬地挂在堂屋，天天沐浴焚香而拜，祈祷夫人生个儿子。也许是苏洵的诚心感动了天地，当年冬天，程夫人果然生下一个男孩，苏洵欢喜异常，为儿子取名景先。

景先的出生为全家带来了欢乐。苏洵夫妻俩更是觉得幸运，对景先十分珍爱。

景先很快长到一岁多，明道元年（1032）的春风吹绿了岷江两岸。苏洵夫妻俩带着景先回到青神县程家嘴，让儿子拜见外公外婆。

看到白白胖胖的外孙，程文应和程老太太自然是欢喜得紧，招待女婿苏洵也是极为周到，可以说是无微不至。

爱女疼女婿，自古皆然。

这年，苏洵也23岁了。程老太太私下跟女儿谈起女婿的前程，不免有些担心。老太太对女儿说："雪儿啊，我看你这相公无意科举，是不是另走一条谋生的路呢？他父亲年纪一天天大了，日后总得要自立门户，撑起苏家呀！"

见母亲如此关切，雪儿心里自是感到温暖，于是答道："娘啊，你考虑得很周全。相公现在除了读些书，有时出去游历一番，也在帮助他父亲安排雇工做农事，春耕夏管，秋收冬藏，也懂得不少了。"

"我看啊，光靠那一顷多田土的收成，你们一家人日子过得怕是并不宽裕。不如咱家拿出一笔本钱，让你相公去眉州城里开个商铺，家里日子不就好过了吗？"程老太太抛出自己的想法，这恐怕也是跟程老爷子商量好了的。

雪儿没想到父母如此关怀，心里的感动不由又上升了无数重，眼圈也有些发热。但她深知苏家人的性格。苏老爷子一贯仗义疏财，曾经囤积稻谷救济受灾的乡邻；为了帮助遇到急难的人，不惜卖掉自己的田产，人家后来要还他，他却说是自己要卖，与人无干。他这样个性的人，岂肯接受亲家的无故馈赠？再说苏洵，性格跟他父亲一个模子铸出来似的，恐怕也是不会承受这种好意的。想到这里，雪儿恳切地对母亲说："娘啊，你和爹爹心疼女儿、女婿的美意女儿明白,并深深地领受了。你们的想法是极好的,也是授人以渔的极佳办法。但倘若今后此事传出去,外人岂不是要笑话女儿的相公自己没有能力,是靠妻子娘家的钱财养活一家人,这让他如何自处呢?况且苏家眼下虽然算不上富裕,吃穿也不如娘家精致,但粗茶淡饭还是没有问题的,女儿在苏家也不算是吃苦。"

听了女儿的话,程老太太不由得深深地叹了口气:"女儿啊,你说得也很有道理,娘就不勉强你了。今后你但凡有任何的难处,可一定要跟娘说,娘和你爹必定全力帮你!"

雪儿依偎在娘身边,沐浴在伟大母爱之中。她顺从地点点头:"娘放心,女儿会过得很好的。也许有一天,女儿从小跟爹爹学的做生意的本事会用得上呢!"

雪儿无意中说出的这句话,没想到日后果然应了验。

第三章 思 变

明道元年的冬天格外寒冷,才十月底就让人如身处腊月。阴冷的天上,细雨夹着雪花飘飘扬扬。就在十月三十日,苏洵的母亲史夫人一病不起,撒手西去,后归葬于苏家祖坟。哀伤的哭声,雪白的引魂幡,崭新的坟头,把苏洵同亲爱的母亲阴阳两隔。他本以为与母亲相亲相伴的日子会永远无恙,没想到至亲的失去就在一瞬间。这对苏洵是一个巨大的打击和震动,他觉得自己还没有出息,还没有好好孝敬老太太,还没有像二哥那样让母亲为自己而荣光。无论自己将来会有怎样的辉煌,但嘴上不说心里却对他寄予厚望的母亲是再也看不到了。欲孝而亲不在,欲亲而人已逝,苏洵感到了从来没有过的悲伤,他心里下着凄厉的苦雨,响着雷鸣,亮着电闪,乱麻似的塞满了歉疚和自责。这种感觉是前年祖母宋老夫人去世时没有的。祖母和母亲毕竟还是隔了一层。

然而，祸不单行。过了没多久，多年来一直在药罐里泡着的大哥苏澹也熬不过去，终于一病不起，跟母亲团聚去了。大哥才三十几岁，由于一直疾病缠身，没有婚娶，孤身一人，多年来靠家里人伺候着。也许是母亲的死让他多病的身子又受精神上的摧残，精神和肉体的崩溃让他再也挺不住了。

大哥的去世更让苏洵震动，他感到了人生的无常，人生的短暂，人生的悲苦，人生的紧迫。他感到害怕，害怕自己的一生就在一事无成中消磨，害怕自己在懵懂中糊里糊涂走向人生的终点。

他把目光转向父亲。他发现，经历了祖母、母亲和大哥的去世，刚强的父亲虽然没有流一滴眼泪，却明显地比过去苍老。看着已届六旬，须发一天天斑白的父亲，苏洵心中终于升起了无限的愧疚。他觉得，自己该做点什么了。可自己做什么呢？该怎么做呢？苏洵自己还没有想清楚。

在黑暗中苦苦摸索的苏洵终于迎来了巨烛的光亮。这希望之光便来自回家为母亲守孝的二哥苏涣。苏涣对这个三弟本来甚为爱惜与关怀，但平常忙于政事，加上认为家里有父亲教导，于是也疏于对弟弟的指导。对此，他心中颇感愧疚。此次守孝，正好有机会与苏洵促膝谈心。这年，苏洵24岁了。这个年龄，苏涣已经进士及第。而现在苏涣已经任阆州通判，堂堂从五品官员。通判这个职位是宋朝才设立的，权力颇大。虽然只是相当于知州、知府的副手，但凡是兵民、钱谷、户口、赋役、狱讼等州府公事，都必须经过通判联署才能生效。不仅如此，通判还可以监察一州一府所属官吏，于是又号称"监州"。通判甚至还可以直接向皇帝上奏州府事宜，是朝廷为牵制州府主官，防止其独断专行专门设置的。

虽然刚三十出头便已有如此地位，但苏涣并没有把自己当作三弟的榜样。他觉得自己虽然在眉州算是进士登科比较早的，但在蜀中却并不突出。他认为的榜样应该是形象更加高大的。这天，在母亲墓前的守孝棚里，兄弟俩终于可以坐下来交交心了。苏涣要让亲爱的三弟知道天外有天，山外有山，人外有人。他温和地问道："三弟，你可听说过咱蜀中梓州铜山县（今德阳市中江县）的苏易简？"

苏洵确实不清楚那个苏家的事，于是老老实实回答："二哥，兄弟愚钝，确实不知。"

"苏易简是太宗朝太平兴国五年状元，高中时年仅22岁，大概也是大宋以来蜀中的第一个状元。太宗皇帝非常喜欢他的文章，所以钦点他为魁首。他那一年同科进士的人物可不得了，当过真宗朝宰相的就有好几位：李沆、寇准、向敏中、王旦等，他能在其中夺魁，实在了不起。苏易简后来做到参知政事，即副相。他写过著名的《文房四谱》，而且还是著名美食家。只可惜他嗜酒如命，连太宗皇帝也劝不住，终致英年早逝，只活了38岁。他的孙子苏舜钦，字子美，也是当朝大才。今后恐怕在我朝要大放光彩呢！"

"这苏易简确实是大宋朝蜀中科举前所未有的厉害人物，蜀中文人的榜样！"苏洵由衷地赞道。

"我眼下任职的阆州三陈更了不起，三兄弟中两个状元，一个进士；大哥任过宰相，二哥任过副相，三弟文武双全，现任当朝的节度使。"苏涣继续推出光芒四射的标杆。

"这么厉害呀，二哥快说来听听。"苏洵来了兴趣。

"这陈家老大陈尧叟，乃是太宗朝状元，博学多才，在地方做官时为百姓做了许多好事，真宗朝任过枢密使和宰相。老二陈尧佐，比他哥还聪明。据说他哥读书时，他在一边旁听，他哥还没背会，他已经滚瓜烂熟了。所以，他比兄长还早一年进士及第。后来也政绩卓著，真宗朝就当过副相，在这仁宗朝，当宰相也是早晚的事。陈家三弟陈尧咨，乃是真宗朝第一位状元，此人文武双全，射箭号称天下第一，当朝的神箭手养由基，任武信军节度使。他们的父亲也因为这几个优秀的儿子而得到提拔。父以子贵，天下大孝啊！父子四人同朝为官，大宋佳话呀！"苏涣感叹道。

"陈家三杰果然了不起！看来我蜀中人才辈出啊！"苏洵也大为感叹。

"三弟呀，我跟你说这些榜样，是想说明科举考试虽然有它的弊病，但它毕竟是一条为国家培养人才的道路。当朝各级官员，哪个不是科考出来的呢？我大宋朝出的这些名臣、名人，又有几个不是科举考试中的佼佼者呢？走这座独木桥是辛苦，爬这座华山是艰险，度这十年寒窗是寂寞，但天下学子都是这样摸爬滚打出来的呀！"苏涣循循善诱。

"二哥，我懂了，我知道你说这些都是为了鼓励我，我会认真考虑的。"苏洵看着兄长期待的目光，庄重地点点头。

为了从实质上给予三弟鼓励，苏涣想了一个好主意："三弟呀，有件事情我一直想做而没有时间做，就是编一个咱们家的族谱，也好让后人知道咱们苏家的家世、家风，以铭记前贤，传承后代，发扬光大。"

这是一件开创性的事情。苏洵见二哥如此信任自己，相信自己能编写得好，不由信心大增，于是满口答应。后来终于在至和二年（1055）九月完成。《苏氏族谱》不但留下苏家珍贵的家世资料，更是开了族谱写作的先河。后来写族谱的，许多都参照《苏氏族谱》的写法。

苏洵一边准备族谱的写作，一边思考二哥前面的那些话。日子过得飞快，转眼又是一年。明道二年（1033），程夫人又为苏家添了一个女儿。儿女双全，苏家终于走出了连失亲人的悲伤气氛。

而年龄的增长也让苏洵成熟多了。他意识到自己在务农和经商上不可能有太大的出息，还是只有读书才是出路。于是苏洵开始认真地思考并实施自己的读书计划。不过，他只是在暗暗地做，并没有跟夫人明说，他还在犹豫，他像一个试图涉水过河的人，在试探河水的深浅。

但程夫人还是把这一切看在眼里，也喜在心里。她是一个敏感的女人，丈夫的变化她当然第一个知道。她也有意识地暗示或明示自己对丈夫的鼓励。只是因为既然丈夫不愿说破，自己也没有必要去捅破这层窗户纸。

程夫人嫁到苏家6年了，她把苏家的一切都看在眼里。对于丈夫的前程之路如何走，她的想法从来没有改变。丈夫是个有抱负的人，有经国济世之志，可他对科举考试制度却颇感失望。这是丈夫纠结与矛盾的地方。可纠结归纠结，于丈夫却只有读书才是唯一可以通达的路子。虽然现在丈夫帮着父亲操持养家之事，但他就算精通了农事——当然，那几乎是不可能的，他都不可能有什么大的出息。

但是，如果丈夫像现在这样，一边操持养家之事，一边读书，要考取功名也几乎是痴人说梦。以前啥事不管都读不出来，现在分心的事这么多，他又如何能沉下心来，攻读那些他不喜欢的句读、声律、音韵、诗赋呢？

那么，怎样才能让丈夫一心一意读书，全力以赴求取功名呢？只有一个办法，就是有人帮他挑起养家的重担，让他真正心无旁骛，身无牵挂。再进一步想，又有谁能替他挑起这千钧重担呢？思来想去，除了自己，再没人能够做得到了。想到这里，程夫人心中涌起一股自豪感：只要丈夫愿意认真读书，自己就勇敢地承担起养家的重任，并且还要让这个家从温饱之家变成富裕之家。她想起上次回程家嘴时母亲对自己说的话，去眉山城里开商铺，一定是养家致富的最佳选择。当时她谢绝了母亲的好意，但母亲的思路她是极为认可的。她相信自己在父亲耳濡目染下积累起来的经商理念，足以帮助自己在商场中纵横驰骋。

通过改变自己，再改变家庭，最终改变丈夫，这就是程夫人的锦囊妙计。主意打定，程夫人心中一块大石落地。她一边暗中筹划，一边等待丈夫的决断。

两个年轮在苏家的悲与喜中又快速地流逝了。宋仁宗景祐二年（1035），程夫人生下了幼女。由于这孩子在苏家女性中排行第八，又称八娘。可是，在头一年程夫人失去了第二个女儿。走一个，来一个，也算填补了苏洵夫妻情感和生活中的空白。

这两年,苏洵虽然读书比过去用功了许多,但是依然没有大的起色。此时,他已经把相当的精力放在帮助父亲管理家里的农事上。他想全力读书应试,但父亲已经六十出头了,精力和体力都大不如前,如果自己不挑起这副养家的担子,谁又能挑得起呢?

思前想后,苏洵觉得这事还是只有跟夫人商量,他到了必须作出抉择的年龄了!

这天夜里,夫妻俩在睡前展开了一场改变苏家命运的对话。

苏洵鼓起勇气对雪儿说:"夫人,有一件事我想了几年了,一直没敢对你说,现在到了不得不说的时候了。"

"相公,有什么话你就痛痛快快地说出来,说实话,我也等你几年了!"程夫人爽快地回答丈夫。

"好,我就痛快地说出来!"苏洵下定决心,"我还是想全心全意地读书,求取功名。但是,父亲老了,我不挑养家的这副担子,这重担又谁来担呢?这些年我一直犹豫这件事,一直下不了决断。"

"相公,这话你终于说出来了!我盼这一天可是盼了好多年了!过去我劝你读书,但又怕你只是因为我而读书。现在你下定决心读书应试,是为自己而读书。这样我就不担心你读书的动力了。养家的重担就交给我,你要相信我,我一定可以挑得起来,而且还会挑得很好。但有一点,全家都必须听从我的安排,这些年我已经想好了养家甚至致富的路子。"程夫人欣喜地说。

"既然把家交给你,当然一切由你做主。"苏洵慨然道。不过他又有些忧心忡忡:"要养这么一大家子,可不是一件容易的事,夫人就真的那么有把握?"

"相公放心,我的把握在于换思路。光靠家里这些田土养家是不行了,我们必须另辟蹊径。几年前母亲曾打算给我们一笔本钱,让你到眉山城里做生意。虽然当时我没有答应,但我觉得这是一个极好的思路。我从小跟在父亲身边,做生意的门道我知道得不少,而且有父亲的信誉和商业渠道,做起来并不会那么难。没吃过猪肉难道还没见过猪跑?"程夫人满有信心地抛出自己的想法。

虽然夫人显得有十分把握,但苏洵依然放心不下:"我知道你从小耳濡目染,可你毕竟没有亲自做过呀!要是做生意都能赚钱,那大家都去开铺子了。万一钱没赚到,反而把本钱蚀了咋办?"

"相公,你的担心很有道理,做生意没有不冒风险的,总是有赚有赔的。我们开商铺一是要把风险降到最低,绝不能把老本给蚀了,因为我们亏不起;二是要出新、出奇,别开生面,方能走出自己的商道,赚别人赚不到的钱,而不是跟在别人后面吃点残汤剩饭。"雪儿深思熟虑地说。

苏洵听雪儿这样一说，不由转忧为喜："看来夫人的确考虑得很周详了。"但他一转念又发起了愁："可是做生意的本钱哪里来呀？租商铺，盘货物，都要花不少钱呢！"

"这你不用管，这些事都交给我来办！你的任务，就是只管读好你的书。不过丑话说在前头，你要是读书不认真，学业不长进，我可就不答应哦！"程夫人神色变得严肃起来。

"夫人放心，你一个弱女子都能挑起供养全家的重担，我一个大男人读点儿书绝对全力以赴，否则我就不算男人！"苏洵发誓道。

"好啦好啦，我相信你，用不着发什么誓，赌什么咒！"雪儿温柔地说。

这一夜，雪儿睡得很安稳，她好久没睡得这么香甜了。

第二天，刚吃过早饭苏洵就急着往外跑。程夫人奇怪："你不是说了不再跟你那些哥们儿一起游荡了吗？咋个又忘了？"

苏洵满脸堆笑地说："夫人呀，你误会了！我今天出去找那些哥们儿，就是要郑重地、严肃地、坚决地告诉他们，从今往后，我，苏洵，要闭门读书，再不跟他们一起晃了！免得他们成天来约我。"

雪儿听了，回嗔作喜："这还差不多，那你快去快回！"

苏洵答应一声，飞快地出门。他找到平时那几位"驴友"，十分严肃地对他们说："各位哥们儿，我已经答应夫人，从今天起，一心一意在家读书，准备科举考试。往日的游玩游荡，荒唐荒废，一去不复返了。今天来就是要告诉大家，今后你们再不要来家约我，免得到时驳了弟兄们的面子怪罪于我。兄弟我说到做到，决不食言！"

一"驴友"打趣道："苏兄，莫又是'鸡公拉屎头截硬'，自己打自己的脸哈！"

苏洵咬着牙发誓道："我若食言，就叫你们爷爷！"

叫人爷爷，这可是男人之间的毒誓了。众哥们儿听了，面面相觑。苏洵也不再啰唆，回头决然而去。此时，他心中充满一种自豪，他要真正告别昨日的荒唐，告别昨日的疏懒，告别昨日的混沌，他要开始全新的生活。甚至可以说，他要获得彻底的重生。

接着，苏洵夫妻二人跟老爷子苏序禀告了他们的想法。父亲不假思索地举双手赞成。小儿子终于要发奋读书了，儿媳主动要挑起养家的担子，他还有什么不乐意的呢？这些年他也在观察这个大户人家出身的儿媳，她不但孝顺，对自己和夫人尊重，生活上关怀，甚至把对人苛刻的宋老夫人也能哄得开心。她操持家务得心应手，似乎天下没有能难得住她的事。因此，苏老爷子对这位儿媳决定的正确性深信不疑。

程夫人是个雷厉风行的人，她立马雇了一个奶妈，叫作任采莲，把八娘交给她养育。后来，任采莲又成了苏轼的奶娘，并且终生同他们一家生活在一起。程夫人这样做，是为了全身心投入养家的劳作。接着，她翻箱倒柜，把所有陪嫁的金银、玉器首饰拿出来，统统变卖，只留下几件不太值钱而又必需的饰物。苏家也拿出不多的积蓄，终于凑够租商铺的本钱。

程夫人和苏洵专门去眉山城里寻找合适的商铺。夫妻二人奔波折腾了好几天，跑酸了腿脚，寻遍了全城，终于在城南找到一个铺面，恰好房东刘轩因搬新家要出租这个旧宅。刘家临街，前面的三间屋正好做店铺门面。后面一个院子，正房、偏房、厨房等一应俱全，一家人正好居住。前店后居，省得奔波，这是最好的格局。

有了商铺和新家，程夫人和苏洵都非常兴奋。程夫人道："相公，你给咱们的店铺取个美名吧！"

苏洵略一思忖，说："不如叫作纱縠行吧，因为我们今后经营的主要是丝绸、棉布等，这纱縠就是一种丝织品，质地纤细，轻薄透亮，也称为绉纱。夫人看是不是很贴切呀？"

"好，就叫纱縠行，既准确又雅致，相公果然有学问！"程夫人欢喜地赞同道。

纱縠行这条街实际上就是一个丝绸市场，一家挨着一家的店铺大都卖丝绸绫罗，还有就是销售蚕茧、生丝，以及与养蚕、缫丝、织绸等有关的器具。到了蚕茧、生丝上市的季节，这条街就更为热闹，买卖也极为兴隆。纱縠行这个位置可以说得上是黄金口岸。

回到家里，程夫人又迅速安排搬家的事。苏家把老宅和田产都交给苏家一个近亲苏全打理，每年给他一笔粮食作为佣金。让他负责管理耕种田土的雇工，打扫守护老宅，适时地把收获的蔬菜、瓜果、粮食送到城里的家中。当然，少不了还有自家养的家禽、宰杀年猪后的猪肉、稻田里养的鱼等。这样，城里的家不用买多少吃的粮食、蔬菜和副食品，相当一部分可以靠田产供给。这样也大大减轻了在城里生活的负担。

程夫人一个人又回了趟程家嘴，她这次回去可是办大事的。

听女儿说要亲自去眉州城里开商铺，父母都心疼得不行。当然，程老爷子听说女婿要发奋读书了，心里也颇感欣慰。母亲程老太太对女儿说："上次娘说的话还算数，家里就给你们一笔本钱吧！"

雪儿对父母说："本钱呢就不劳你们费心了，女儿自有办法。"

程老太太说:"你们的家底我还不清楚?你能有什么办法?"

雪儿无奈把变卖陪嫁首饰的事告诉了父母:"这些东西都是你们给我置办的,也算是家里给我的本钱了!"

做母亲的毕竟心软,不禁心疼得掉下眼泪来:"我的儿呀,你这是何苦呢?"

雪儿说:"娘啊,我知道你和爹爹心疼我,但唯有这样我才心安!以后赚了钱,还怕没好首饰戴?"

程老爷子作为男人,倒是欣赏女儿的丈夫气:"雪儿啊,爹爹佩服你,支持你!快说,你不要本钱,要爹爹帮你什么?"

雪儿对老爷子说:"爹爹,我开纱縠行,就等于是给家里开个丝绸分店。我只想求爹爹让我代销家里的各类丝绸、生丝及相关器具,还有咱家竹编作坊里的玩意儿。女儿要爹爹帮的呢就是货款在卖完货物以后付,要不干脆半年结一次账。爹爹你看可行?"

程老爷子爱怜地拍拍雪儿的肩:"女儿啊,这有什么不行的,你就一年结一次都可以!货物都按成本价算,就算爹爹给你的一点帮助吧!"

雪儿一听大喜:"谢谢爹爹,你既然如此心疼女儿,那女儿赚的钱就同家里平分!我可不愿意爹爹无利可图,这不是做生意的道理!"

程老爷子也听得开心:"好好好,女儿真是实诚,真是孝顺,就听你的,每年年底结账时一并结算便是,多少你说了算!"

雪儿见大事已说定,非常开心。同父亲商量好如何选货、送货之后,便尽快赶回苏家。苏洵听得如此好消息,心里一块石头落地。

程夫人又雇了两个照应柜台的婢女,一名春草,年方16岁;一名秋雨,刚满17岁。二人都长得五官姣好,身材苗条,真是机灵加水灵,往柜台前一站,果然光彩照人,大大吸引眼球。汉代有风姿绰约的卓文君当垆卖酒;而今程夫人用清纯年轻美女售货员站柜台。不同时代,一样效果,均为招揽顾客。这也是程夫人别出心裁的做法。

纱縠行开张之前,程夫人对二位美女售货员做了上岗培训,向她们灌输了自己做生意的理念:"做生意第一要热情,客人来要主动招呼,满面春风;要对客人主动介绍产品性能、特点、价格等,无论客人买不买东西,都要耐心细致;客人走要有送的声音,要欢迎再来,给客人留下良好印象。"

"这第二嘛,货物要物美价廉。我们的丝绸、棉布、生丝、竹编等产品都是全城最低价,而且质量也是最好的。你们卖货的时候一定要强调这一点。当然,你们可以让顾客货比三家。相信他们比了之后会再回来的。"程夫人抛出第二条生意经。

"这第三便是绝不克扣尺寸。这卖丝绸、布料,在量尺寸上可是大有讲究。因为这些面料有弹性,量的时候如果拉得紧,尺寸必然会偏少;放得松,尺寸必然偏多。因此,要不松不紧,保持面料本身的张弛度。而在撕面料时就更有讲究,如果不是正着撕而是斜着撕,就可能让顾客吃大亏;如果反着斜,卖家又会吃亏。这种斜着撕面料暗中克扣顾客尺寸的做法基本上是行规。而我们,就是要坚决打破这种陋习。你们卖丝绸和布料的时候,要把面料摊开,摆在柜台上,让顾客清清楚楚地看到一尺一尺地量,量完还要多抛一点,就像添秤一样。绸缎和布料不能用手撕,要在面料上用画片正直地画线,然后用剪刀剪。这种做法,就可以避免顾客在尺寸上吃亏。明白了吗?"程夫人提出第三条生意经。

"做生意靠的是诚信,什么叫诚信你们也许不懂,那就是货真价实,童叟无欺,说到做到!也就是上面说的那三条!我们要是坚持这样做下去,就会在顾客中留下好的口碑,他们一传十,十传百,我们的好名声就出去了,生意也就会越来越红火。赚钱多了,今后我给你们一人准备一份好嫁妆,让你们都嫁个好人家!"程夫人最后也来个物质刺激,让两个小美女看到美好前程。

春草和秋雨听了,心里吃了蜜似的,满脸都是幸福,仿佛佳婿已经在向她们招手,嘴里脆生生地回答:"是,夫人,我们一定好好学,好好做。"

口头培训完,程夫人又教她们如何量尺寸,如何画线,如何剪绸缎、布料。直到她们能够十分熟练地操作。

万事俱备,只待纱縠行开张大吉。眉山城里百姓期待已久的谜底终于就要揭晓了。

第四章 交　子

　　金风送爽时节，天高云淡风轻。中秋节前，眉山城南的苏家纱縠行在一阵"噼里啪啦"的鞭炮声中隆重开业。店门上方是一块黑底金字的招牌"纱縠行"，由苏洵亲笔书写，其风格直追魏晋，富有书卷之气。店铺的柜台上，摆满了丝绸制品：绫、罗、绸、缎、纱、绉、绢、绨，丝光闪闪，色彩鲜艳，品种十分齐全。此外，还有棉布、麻布织品、生丝，各色货物一应俱全。在柜台的一个角落里，还摆放着一些小巧精致的青神竹编，诸如团扇、花篮、竹丝编织的小动物等，十分可爱。

　　程夫人之所以把青神竹编放在这丝绸店里，看似不搭调，实际上却是用心良苦。因为来店里买丝绸面料、棉麻布料的，大都是小姐、太太们。那些大户人家的小姐，总是特别喜欢花鸟鱼虫之类精巧之物，这玲珑剔透的青神竹编恰好就是小姐们特别喜爱的玩意儿。买了绸缎面料，再带一两件精巧竹编，回去摆放在闺房里，把玩欣赏，自然不啻一桩美事。而太太们买面料，则往往带着孩子，孩子们对竹编小玩意儿更是爱不释手，因此，太太们基本上会满足孩子的心愿买上一两件。这样，纱縠行就多做了附加的生意。

这天，端庄美丽的老板程夫人身着盛装，满面笑容，亲自在柜台招呼客人，同时兼任收银员。春草和秋雨两个青春靓丽的小美女当柜售货，负责量尺寸、剪面料和包装。店铺前，已经拥满了衣着鲜丽的小姐、太太，她们在婢女的伺候下，早早地来到纱縠行外，已经等候多时。眉山城本来就不大，首富程文应之女要在城里开丝绸铺的消息早就不胫而走，人们对程家小姐开店一直怀着种种猜想、种种期待。因此，大家一是想来看看这首富之女到底啥模样，风姿如何；二是想来证实点什么，满足下揭开谜底的好奇心；三是也想看看这店里有什么稀罕之物，买点开张打折的好东西。

因此，当鞭炮声一停，程夫人脆声宣布新店开张，那些小姐、太太便一拥而入，把个纱縠行挤得满满当当。而男人们不好意思跟她们抢，绅士地站在店外，远远地观看程夫人的风采，以及开业的盛况。于是，看绸缎的，买布料的，把玩竹编的，这些小姐、太太叽叽喳喳、嘻嘻哈哈，把个崭新的纱縠行吵得来一片繁忙。九折三天的告示让小姐、太太们十分兴奋，她们没有一个空手而归，个个都选购了自己心仪的丝绸料或布料，欢喜而去。而后面的顾客还在鱼贯而入。

这开张第一天，就让程夫人和两个美女售货员累得够呛。不过，她们更多的是兴奋，生意好得超乎想象。虽然有些腰酸背疼，但看到收入的一堆堆铁钱，一天的辛苦便烟消云散。

新开店铺商品打折出售也是商业传统。而程夫人贴在门口的告示说明，不仅所有面料九折三天，而且还送精美竹编一件。于是，那些大户人家的小姐太太都蜂拥而至。三天下来，销售额十分喜人，利润也相当可观。开张大吉，程夫人和苏洵自然欢喜，全家上下都喜气洋洋。苏老爷子更是对雪儿刮目相看。

三天开张打折结束了，可纱縠行生意依然兴隆。眉州首富的女儿带着两个漂亮婢女开店的消息让更多人闻风而至。一些人专门来看热闹，可看罢热闹多少总得买点东西吧？实际上，不少人在看热闹中觉得这里货物的确不错，卖货物的婢女妙龄清纯，明眸皓齿，服务态度又极好，自然用钱投了赞成票。尤其男人们，往往是不会空手而回的。当然，最重要的还是程夫人教给春草和秋雨的生意经很快有了回报，价格全城最低，货真价实，尺寸绝不克扣的做法速成口碑，通过买过货物的顾客在一个又一个朋友圈中传扬，便形成了源源不断的客流。人们都在议论，这个首富之女做生意讲究、实在！因此诚信经商的程夫人很快在业内声名鹊起。再加上她眉州首富之女的光环，愿意与她做生意的客商也越来越多。不久，纱縠行就不仅仅做零售，还做起了批发。眉山附近县的丝绸客商，不少都到这里进货。纱縠行生意飞速地发展。

俗话说，林子大了，什么鸟儿都有。苏家的纱縠行声名如日东升的同时，也有流言蜚语、飞短流长。什么首富之女抛头露面做生意丢人现眼啊，带着两个小狐媚子站柜台伤风败俗啦……这些难听的话长着翅膀在眉山城里到处飞。

苏洵听了难免担心。而程夫人则嗤之以鼻："咱们纱縠行开张以来生意就一路向好，自然有人羡慕嫉妒恨。坊间流传些让咱们糟心的话，也是意料中的事。当年才貌双全的卓文君为了生存，不惜当垆卖酒。我为了相公全心全意读书上进，抛头露面做生意又有何不可？大宋哪条律法规定女人不可以经商？只要我们堂堂正正做人，诚信踏实买卖，就不怕别人在背后嚼舌根！"

程夫人把那些风言风语统统抛进岷江，顺流而去。她一心一意扑在生意上，笑脸迎客，欢声送宾，把纱縠行打造成眉山城里一道绝佳风景。

纱縠行的生意一天天兴旺,别的商家也愿意程夫人代销自己的产品。因而程夫人既没有资金风险,也没有借贷利息。利润虽然相对薄一点,但可以通过量大来弥补。此外,由于她卖出货物以后并不需要马上付货款,这样,她便可以把一部分现钱向急需周转的商家做一个短期借贷,收取利息。这钱生钱的方法,是程夫人从小看父亲做生意时就学到的看家本领。

不仅如此,甚至可以说,程夫人天生对金融就有一种敏感。

一天,一个小姐模样的姑娘带着一个侍女来买绸缎。付账时小姐掏出一张印着字的纸对春草说:"你看可不可以用这个钱付账呀?"

春草不认识这是什么,不敢答应,赶紧请来程夫人。程夫人接过来一看,不由眼前一亮,原来这是一张面额为十贯的纸币交子。以前她曾经在父亲那里看到过交子,只是没有真正使用过。她想了想,十分高兴地对这位小姐说:"我认得,这是纸币交子,成都人时兴用这个呢!没问题!"很快给她结了账。

这事让程夫人朦朦胧胧地看到了一个新的商机。但她对交子了解有限,于是她打算向父亲请教。事有凑巧,父亲正好因谈一笔生意在城里,雪儿便去城中心的程家老店看望父亲。

听雪儿说起纱縠行的经营状况,程老爷子十分欣慰,他对女儿的作为大加赞赏:"雪儿啊,看来你做生意不但是得了我的真传,还颇有青出于蓝而胜于蓝的味道了。"

雪儿笑道:"爹爹,您这是夸您自己吧?"

程老爷子听了这话,不由开心地哈哈大笑。

雪儿趁机说:"爹爹,今天我来看您,还有一事请教,就是关于交子,您可说得清楚它的来龙去脉?"

程老爷子又是一阵哈哈大笑:"说到交子,雪儿算是找对人了!既然你想听,我便好好跟你聊聊。"

于是,通过程老爷子的讲述,雪儿仿佛回到了二三十年前。

话说宋太祖灭蜀之后,命令将蜀中金银铜钱搜刮一空,并下令各州府金银铜钱不得流入蜀中,蜀地只能使用铁钱交易。

真宗大中祥符年间,益州成都市面上流通的主要是小铁钱,每贯即1000文钱,重6.5斤。买匹蜀锦要20贯铁钱,重达130斤,需要雇一个壮汉,挑一担钱去店铺;要是买头牛,就要吱吱呀呀拉一车铁钱上牛市;买一篮菜,要提着比菜还重的一篮铁钱上菜市。百姓把钱存在类似后来钱庄的交子铺里,还要交3%的保管费。普通交易都极为不便,做大宗生意就更加艰难。铁钱低贱,铁钱沉重,铁钱压弯了蜀民的腰，铁钱死死压住了货物交易的命脉。

不过，世界上无论有多难开的锁，也总会有开这锁的钥匙；世界上无论有多高的山，也总高不过人。使用铁钱交易的困难逼着聪明的蜀人寻求出路。成都城里有个富商，名叫卓钺，乃是临邛富豪卓氏之后，家里经营交子铺、百货、珠宝、布匹、丝绸等生意。他眼见铁钱成灾，生意难做，焦急万分，成天思考怎样破解这个困局。一天，有个客商向卓钺提出，可否用在卓钺交子铺里存钱的收据交子直接购货，不用提取现钱。卓钺灵机一动：这个存款单交子不就代表一定数额的现钱吗？用它来代替现钱使用岂不是轻便多了？他又从唐代汇兑"飞钱"得到启发，那汇兑的收据也代表一定数额的现钱，其实也可以代替现钱啊！于是，卓钺试着用自己开出的存钱票据——交子，代替铁钱与朋友圈内的客商做生意。由于卓钺财大气粗，实力雄厚，大家都认可他发出的交子，乐意接受。这一来，做生意大为便利——一纸轻飘飘的交子，一下子解决了铁钱沉重、交易困难的难题，卓钺的生意愈发兴隆，而且也方便了生意伙伴。

为了防止别人伪造自家交子，卓钺亲自去纸坊考察，创造了双重防伪的方法。第一种叫挤压法。即将雕有纹理或图案的木制或其他材料模具，用强力压在纸面上，使纸上隐显纹理。第二种叫水印法。即在抄纸的纸帘上用线编成纹理或图案，凸起于帘面，抄纸时此处浆薄，纹理发亮，就有特殊的"水印"显于纸上，这种纸，便成了印制交子的专用纸张。卓钺还让工匠在交子雕板上同时刻上人物、花鸟、房屋等图案，而且"朱墨间错"，开了雕版彩色印刷之先河。如此一来，伪造就更加困难。卓钺又直接在交子上印上面额，壹贯到拾贯不等，以方便交易。有了种种保障，卓钺便以自己的信用发行了纸币，并命名为"卓氏交子"。因为这种交子是由楮纸印制的，后人又把交子称为楮币。卓钺用自己印制的交子，与其他客商做生意，极大地方便了货物交易。敢为天下之先的卓氏生意红火，利润如江河般滚滚而来。

成都众多交子铺老板见卓钺发行交子获利颇丰，一个个眼睛发红，遂纷纷仿效，都印制自己的交子。那时也没有什么发行规矩，更没有律法禁止，于是各种私人发行的交子泛滥。由于一些小交子铺财力有限，有100贯钱便敢发1000贯交子。这些大量印制发行的交子自然不能按面额兑现，于是生出无数纠纷，往往闹到官府，讼争不断。交子多了自然贬值，成都城里物价飞涨，百姓叫苦不迭。

当时的益州路转运使名叫薛田，他看到市场混乱，民怨四起，便决心整顿交子。卓钺向薛田建议，由官府出面规范，出台相关政策，指定交子铺户发行，便于管理。于是益州官府指定由卓钺、李云、王昌懿等16家实力雄厚的交子铺户发行交子，而且组成行会，监督发行交易，其余交子铺户不得私自发行。

这一举措使交子发行处于半官方管理状态，起到了稳定交子币值、规范交易的作用。但好景不长，数年之后，这16户交子铺中的少数不法商人故态复萌，带头滥发交子，不足额兑付铁钱，又造成交子贬值，物价暴涨。成都再现金融危机，商人、百姓怨声载道，甚至诉讼不断，斗殴不止。

于是，卓钺又向薛田建议，停止交子民间发行，由官府设立机构来管理和发行"官交子"，严格控制交子发行数量，同时准备足够的铁钱，保证兑换，以防止金融危机。

薛田觉得卓钺的想法与自己不谋而合，遂按此意见拟订方案上报朝廷。当时正是丁谓任宰相。他阅报后并未呈报真宗皇帝，反而认为薛田多事，把薛田调离益州，另派寇瑊知益州。

这位寇瑊大人来到益州，发布公告，宣布废除交子。

益州百姓又回到使用铁钱的时代，商事、生活极为不便。时任益州转运使张若谷忧心如焚，遂根据各方反映向朝廷紧急密报。

当时朝中正是刘太后垂帘听政辅佐小皇帝仁宗赵祯。刘太后本是华阳县人，从小在成都城里长大，十四岁时流落开封。后来与宋真宗相识相爱,奋斗了近三十年才成了皇后。真宗去世,仁宗赵祯继位,刘太后遵真宗遗诏处分军国大事,成为实际上的执政者。太后接到密报,十分关切。毕竟益州是自己故乡,感情非同一般。

慧眼如炬的刘太后反复研读了密奏,迅速作出几个判断:第一,交子代替铁钱使用是重大革新创造,是便民利商的举措,应该顺乎民意,坚持推行;第二,交子是把双刃剑,有利有弊,必须趋利避害,加强交子发行的管理;第三,益州的混乱局面不能再继续下去,必须快刀斩乱麻,釜底抽薪。

那么,由谁去主政益州,迅速拨乱反正,恢复正常秩序,让社会、经济生活回到正轨呢?

刘太后飞快地在脑子里搜索合适的人选,眼前突然跳出一句古语:解铃还须系铃人,对了,就是薛田!

以刘太后对薛田的了解,他不仅为人宽厚仁和,更是贵有担当任事的勇气,确有治世之才能。益州交子开天下之先河,若非薛田因势利导,岂能有此利商便民之物蓬勃生长?寇瑊处理交子风波貌似失之武断,其实乃是缺乏担当。

还有,薛田发现了交子便民利商、推动经济发展的巨大作用,也悟出了民间发行交子的无序混乱,对经济的毁灭性破坏,提出由朝廷来管理交子发行,这简直是天才的设想!

对于交子,刘太后自有远见卓识。她在成都长到十几岁,知道铁钱的沉重,百姓交易的艰难。这交子既易于携带、交易,又方便印刷,远胜于铸币。因此,她认为这交子早晚要取代铁钱,甚至取代铜钱、金银。今后恐怕不只益州及川峡四路使用交子,整个大宋,乃至外国,也许都要使用蜀商发明的交子呢。

于是,刘太后玉手一挥,连续发出两道诏命:第一,免去寇瑊益州知州职务,徙邓州知州;第二,任命薛田为益州知州,加枢密直学士头衔。这是在天圣元年(1023)四月。

在薛田上任之前,刘太后还亲自召见,面授机宜,要薛田认真倾听民意,完善方案,速报朝廷。

薛田快马加鞭,火速入蜀。他到任后迅速行动,与益州转运使张若谷等人多次商议,认为纸币交子有利商贸,方便百姓生活,能促进经济发展,宜存不宜废。数月之中,薛田两次奏报,最后提出了由官府发行交子的详细方案,最重要的有五条:

第一条,设益州交子务,总领交子发行事务;交子上面要加盖益州观察使铜印和交子务铜印。

第二条,根据常年市场交易量,拟首"界"发行交子125万贯,准备兑换铁钱即发行准备金36万贯,交子面额为1贯至10贯。

第三条，百姓用现钱请领交子要留合同存根，上书编号，标明面值以备兑现时查验，并由交子务盖章，以杜绝伪造。每请领1贯（1000文）交子，须依例扣除30文手续费、纸墨费，交子允许代替铁钱使用。

第四条，交子发行，每两年一"界"，到期交子持有者须以旧换新，同时每贯依例扣30文手续费、纸墨费。

第五条，严禁民间伪造交子，凡检举别人伪造交子者，由官府奖赏小铁钱500贯；对伪造交子的人犯，将其发配使用铜钱地区服役。

刘太后阅报大喜，认为方案周密可行。遂于十一月下旬，以仁宗名义下达敕命：置益州交子务，负责纸币交子发行。刘太后的一纸敕命，让益州成都成为世界上第一座使用纸币的城市。

接着，薛田于天圣二年二月（1024年4月），在成都亲自主持了首"界"交子的发行。纸币交子开始在益州及川峡四路广泛流通。不幸的是，那位最先发明交子的卓钺后来被奸人陷害，遭流放，最终病死岭南。

程老爷子结束了漫长的交子故事，雪儿听得如痴如醉，尚觉得意犹未尽："爹爹呀，你这些龙门阵是来自官史还是野史呀？"

"哈哈哈哈，你这孩子，爹爹这些龙门阵呀，可以说是既有官史，也有野史，不过关于这交子，可不是编出来的。现实的情况是，由于益州交子务每两年才发行一"界"交子，每一"界"只发行125万余贯，实际上只占流通钱币的一成左右，基本上都是大宗货物交易时使用。由于人们用铁钱兑换交子还要向官府交百分之三的手续费、纸张费、印刷费，所以，一贯交子的含金量本身就要比一贯铁钱高。交子限量发行，自然供不应求，图交易便捷的商人们争相兑换。因此，这些年交子的价值超过了票面价值，大概1贯交子可换1.1贯铁钱。"

爹爹的话让雪儿大受启发，以她的悟性，一下就看明白了其中的商机。交子不但轻便，而且还是溢价的行情。如果能够在交易时平价回收零星交子，再集中起来溢价兑换出去，这进出之间，不是就在卖货物赚钱的基础上，凭空又多出几分利润来了吗？眉山城里还没有专门收交子的店铺，大家还使用着沉重的铁钱，交易实在不方便。那些小姐太太来店里买丝绸、布料，必须由家里的仆人挑钱，或者专门雇一个人挑着钱来。做大宗生意的商人，就只能用车拉着钱来了。只是在这之前，她不清楚眉州城里有多少人持有交子。那位小姐用交子来购物，说明不是个别现象，只是交子在眉州没有普遍流通而已。那自己何不公开收取交子，试一试水呢？兴许还可以开拓新的业务呢！

想到这里，雪儿愉快地告别老爷子，匆匆赶回店里。当晚她跟苏洵商量收交子的事，苏洵当然无条件支持。

于是，第二天一大早，程夫人在纱縠行门口贴出告示，欢迎使用交子在本店购物，凡使用交子购物的，一律九五折优惠。交子溢价10%，货物九五折，这个生意，暗藏商机。

此时，交子在蜀中发行已经11年了，眉山城里赶时髦的大户人家也有不少人从成都换有交子。只是在这眉山城里还不时兴用交子购物，没有店铺收交子。手握交子的人家在眉山城找不到地方使用，正在烦恼，因为两年之内不用，就必须去换新发的交子，而且还要交3%的手续费。程夫人此举，令那些家里有交子的小姐、太太心动而至。她们不管交子溢价不溢价，只知道一方面赶紧把交子用出去，免除到期重新兑换的麻烦，甚至过期作废的危险；另一方面用交子购物轻松方便，而且还有折扣，这样的好事谁不愿意干呢？实际上，程夫人此举一方面方便了手持交子的顾客，一方面扩大了销售，纱縠行生意更加红火，还有就是很快收集了许多零星的交子。

交子轻便，易于携带和保管，家里不再有那么多大堆大堆的铁钱。不过，这只是表面现象。程夫人其实更有深层次的生意经要念。她要把交子的生意链一直做到头。

接着，程夫人又贴出告示：需要交子的客商，可用铁钱前来兑换。不过，用铁钱兑换交子须按成都市场上溢价百分之十的比例进行。这个行情商家都知道，也算公道交易。因此，那些要去成都或其他地方做大宗生意的客商不由大喜。以往他们要去成都才能兑换到交子，必须把沉重的铁钱运到成都。而且水运、陆运转换，十分麻烦。这下好了，在眉山城里便可以兑换到交子，外出做大宗生意方便多了。于是，立马陆续有客商闻讯前来兑换交子。程夫人一进一出毫不费力又赚了近百分之五的利润。这一年下来，仅仅兑换交子的利润就十分可观了。

程夫人由此更看到了钱生钱的魔力。在积累了一定的资金后，她跟丈夫商量，把纱縠行旁边的门面也盘了下来，请了两位伙计，开起了一家交子铺，既兑换交子，也存放铁钱，兼短期借贷。那时存钱不但没有利息，而且储户要倒给交子铺3%的保管费，完全是纯收入。由于存钱的人不会同时来取，于是交子铺就可以用别人的钱来进行短期借贷，可谓一箭双雕，两面赚钱。

后来在庆历七年（1047）二月，宋仁宗诏取益州交子三十万，于秦州募人入中粮。这秦州就是今天的甘肃天水，当时是抗击西夏的前沿城池。诏书的意思是说，要益州调集30万贯交子纸币，到秦州前线雇人收购军粮。这里边包含十分丰富的信息：一是交子纸币已经是大宋国家承认的流通货币，不仅在益州使用，而且已经流通至陕甘；

二是朝廷日益认识到纸币的轻便和交易的快捷；三是说明当时的益州富甲天下。仁宗皇帝轻飘飘一纸诏书，就抽走30万贯巨款，而不至于影响益州的国计民生，这恐怕也只有天府之国才有这等财力。

对于程夫人的交子铺来讲，这无疑是一个利好。益州当年也就发行交子125万余贯，朝廷一下抽走近四分之一，于是益州境内交子紧缺，价值上扬，大大突破10%的溢价，甚至达到15%～20%。而手中握有交子的程夫人，财富自然又有了较大幅度的增长。这跟后世握在手里的股票涨了一样。程夫人是商场的幸运儿，她的眼光独到而敏锐。她看准了交子，交子也没有辜负她。在她弄潮商海的那些年，交子一直紧缺，年年处于溢价状态。因此，交子成了程夫人手里的一株摇钱树。

第五章　蜀　锦

　　程夫人的生意做得红红火火，财富像流水一样哗哗地往家里的钱柜充注，苏家的日子一天比一天好过。

　　苏家的日子像早上的太阳，一个劲儿地向上升腾。苏家高兴，程家高兴，甚至姻亲中的史家、石家都跟着高兴。程家是苏家的亲家，自不必说。史家是苏洵母亲的娘家，也是至亲。而石家则是苏洵姐姐的婆家，当然也颇为亲近。苏洵的姐夫名叫石扬言，家道还是比较殷实的。石扬言的哥哥石扬休，字昌言，大苏洵十来岁，乃是进士出身，在京中做官，曾对苏洵颇多鼓励，后来还曾出使辽国。苏、程、史、石四大家族，相互联姻，在眉州几乎是无人不知。其中三家都有进士及第，同朝做官，可谓声势显赫。史家虽然没有人做官，但也是诗书之家，家财万贯。所以，在眉州，说起这四大家族，连官府也要让几分。后来的东坡先生曾有诗回忆道："炯炯明珠照双璧，当年三老苏程石。里人下道避鸠杖，刺史迎门倒鳬舄。"这里只说了三家，诗里说的是只要这三家的老人外出办事，不但里人恭敬避让，连当地的官员都要急忙出门迎接。由此可见这几大家族在眉州的声威。

他们几家倒是高兴了，可也有人不高兴。做生意嘛，往往都是几家欢乐几家愁。

在苏家纱縠行这条街上，众多的绸缎庄里，有一家大号云锦，店主姓孙名胜，也经营绸缎、生丝等生意。此人心胸狭窄，做生意也不讲究，卖绸缎、布料常常克扣顾客尺寸。由于名声不佳，生意也如温吞水一样不冷不热。这孙胜眼看苏家的纱縠行生意一日比一日红火，心里毛焦火辣。因为自家的生意每况愈下，尤其是生丝，积压了上千锭，堆在那里无人问津。

这天夜里，孙胜同老婆说起自己心中的忧虑，恨恨地说道："这苏家的纱縠行可是把我们坑害惨了，他们全城最低价，人缘又好，那些个趋炎附势的家伙都跑去跟他们做生意，咱这种小店铺，哪里敢跟他们拼啊！你看，这生丝都堆满了，就是卖不出去。积压的钱让铺子都快转不动了，这可如何是好啊？"

孙胜的老婆周氏颇有心机，眼珠一转，给老公出了一个主意:"你傻呀,人家都跟纱縠行做生意,你不也可以吗?苏家不是还开交子铺吗,你就去跟他们借钱,用生丝作抵押。你抵押时把价钱算高点,到时候故意不还钱,用生丝抵债,不就相当于把生丝卖给纱縠行了吗?这就叫一石二鸟:既解决了周转不灵的眼前之困,又抛掉了积压的生丝。就让苏家去帮你卖那个倒霉的生丝吧!"

孙胜听了大喜:"老婆呀,你该叫'赛诸葛'了!你这个主意好,我明天就去纱縠行谈生意。"

第二天上午,孙胜来到纱縠行,见到程夫人,恭恭敬敬地行礼道:"程夫人,小生孙胜有礼了!"

这孙胜比程夫人大了许多,却故作谦卑,态度十二分地好。

程夫人也礼貌地回礼:"孙老板好!据我所知,你是云锦绸缎庄的老板,不知今天前来有何见教啊?"对于孙胜,同在一条街上做生意,岂有不认识之理,只是没有正式打过交道而已。

孙胜作出忸怩之态:"唉,真是不好意思开口啊,小店近日有些周转不灵,想请程夫人方便一二,借贷一些钱救救急!"

"'与人方便自己方便',这句俗语大家都懂。借贷没有问题,只是不知孙老板要借多少,用什么作抵押呢?"程夫人心直口快地说。

"那就借200贯钱吧,我用店里的1000锭生丝作为抵押。如果三个月内我还不上,这1000锭生丝任凭程夫人处置。"孙胜说道。

1000锭生丝抵押200贯钱,这个价格还是有点高。按当时市价一锭生丝一般卖180文,这样算下来,也不过180贯。抵押200贯,足足多出20贯钱。也就是说,如果孙胜三个月内还不起200贯钱,这1000锭生丝就是程夫人的,如果程夫人卖不出去,这货就算砸在手里了,而且还高于市价。

程夫人眉头一皱,明白了孙胜的意思。他借贷是假,想脱手生丝是真,而且还脱得十分划算。不过,没关系,自己路子广,也未必想不出个好办法。于是,程夫人爽快地答应:"孙老板,想必你也是经过深思熟虑的了,好,那就依你。那我们立个字据,你再把生丝搬运过来,你一手交货,我一手交钱。"

没想到程夫人如此爽快,孙胜心里暗暗得意。心想这笔钱是赚着了。于是马上在程夫人柜台之上写好借据,签字画押。又迅速回到店里,让伙计们将1000锭生丝装车搬运到纱縠行。

程夫人检查了生丝,质量倒也不错,便命伙计点数,将货物悉数搬进后屋库房,同时将扣除利息后的现钱付给孙胜。

晚饭时，程夫人与苏洵说起这事，苏洵吃惊道："孙胜这不是明摆着想坑咱们吗？你咋个看着火坑往里跳啊？"

程夫人宽厚地说："相公啊，你也许不知道，咱们纱縠行开业以来，生意一直兴旺。人家的生意呢自然要比以前差了。俗话说，和气生财，有钱大家赚，就算是补偿人家一点嘛！生丝行市眼下是不太景气，可我看等不了多久会往上走的。也许孙家是给我们送财也说不定呢！"

苏洵叹口气："我就知道你这人心肠太软，也罢，就算让利卖个人情吧！"

程夫人看丈夫想通，也十分欣喜："这就对了嘛，钱是赚不完的，今后咱们还会赚更多的钱，我正在想新的路数呢！"

说罢，二人吹灭烛火安歇。程夫人带着美好憧憬进入甜蜜梦乡。

像她自己说的一样，程夫人不是小富即安的人，她还在继续寻找着能带来高额利润的商机。敢于创新，敢于走别人没有走过的路，便是程夫人经商的特点。三个月很快就过去了，孙胜没有来还钱，按照二人的合约，这抵押的1000锭生丝就成了程夫人那200贯钱的代价了。那个时候，200贯钱可不是小数，可供一个五口之家宽松地过几年日子呢！于是，程夫人每天都要到库房看看，特别要看看积压的生丝,她在反复思考,怎样把这一大批生丝盘活,并且还要生出可观的利润来。

哲人说,机会总是留给有准备的人,经商也概莫能外。

一天,售货的婢女春草告诉程夫人,常有大户人家的小姐、夫人问有没有蜀锦卖,可店里一直缺货。程夫人知道,蜀锦是高档丝织品,技术要求很高,主要在成都织造。它是用染成多种颜色的蚕丝织成彩色花纹的高级丝织物。由于织造精细,质地坚韧厚重,图案丰富多彩,色调鲜艳,既富民族特色,又具地方风格,蜀锦与定州的缂丝、苏州的苏绣并称为大宋著名的三大工艺名产。那时蜀锦的著名花色共有五六十种,其中"八答晕锦""灯笼锦""落花流水锦""盘锦""大窠狮子锦"等灿若云霞,绮丽夺目,华贵无比。因此,蜀锦是宫中嫔妃和朝中达官贵人最为喜爱的丝织品。宋初平蜀以后,朝廷曾强行把部分织锦工匠迁移至京师,创设官办的绫锦院,到真宗时期仍有织机400余张。但这远远供不应求,因为蜀锦不但要满足宫廷和皇亲国戚之需,还要用于文武大臣的赏赐,各国首脑及使臣的馈赠礼品。所以,益州蜀锦依然每年要大量向朝廷进贡,大体上要占到朝廷所需高级丝织品的三成以上。由此,成都的蜀锦必须完成官方的收购后,才准民间交易。每年有大批外地客商住在成都,等待官方收购结束后好及时抢购蜀锦,运到全国各地乃至贩卖到西域牟利。故而蜀锦在成都市场上非常紧俏。朝廷对蜀锦的大量需求，导致蜀中民间怨声载道，甚至引起了聪睿的仁宗皇帝的忧虑。他曾下诏适当减少蜀中丝织品的进贡。但此举反而更刺激了一些人对蜀锦的追逐，私下向东京开封贩运蜀锦的情况愈演愈烈。

需求就是市场，就是赚钱的商机。程夫人天生的商业敏感让她一瞬间就觉得这是个有巨大潜力的生意。眉山城里的丝绸铺里蜀锦一寸难得，但城里的大户人家有需求，周边县的有钱人家也有渴望。自己如果能从成都买进蜀锦，就成了独家商品，自然奇货可居，不但保证畅销，而且价格也能坚挺，利润必定丰厚。蜀锦是美丽的，经营蜀锦的生意也是美好的，赚的钱一定也是丰美的。但购进蜀锦的渠道在哪里？这个生意一直没人去做，想必也是进货渠道难以打通所致。

程夫人思索着，翻遍了脑子里的门道，可就是不得其解。她想找爹爹咨询，可一转念，如果有门路，以老爷子的眼光，恐怕早就做这生意了，还用留给她来赚这钱？真是山重水复，云遮雾罩，不知路在何方。

这天早上，程夫人又去到库房。她的目光再一次落在那一锭锭生丝上。沉思中，恍惚间，一锭锭生丝幻化成了一匹匹艳丽的蜀锦，在她面前展开，铺成一条五彩大道。猛然间，程夫人脑子里一个念头跳了出来：这蜀锦不就是用染色的丝织成的吗，是不是可以把自家的生丝运到成都的蜀锦作坊，请他们加工成美丽的蜀锦呢？这样既解决了生丝积压难销的问题，又可以比直接从成都购蜀锦便宜许多，关键的关键，还解决了蜀锦紧俏难买的问题。

这个大胆的设想让程夫人豁然开朗，历经崎岖坎坷，水复山重，终于看到了柳暗花明，阳关大道！

晚上，程夫人跟苏洵说起打算将生丝运到成都加工成蜀锦，再运回眉山销售的生意经。苏洵听了也不禁眼前一亮，大加赞赏："夫人真是好眼光！这个主意太好了，蜀锦生意肯定会赚大钱。"

程夫人听了大为开心："相公想必对蜀锦也有所了解？"

苏洵哈哈一笑："夫人啦，作为读书人，当然应该知道。蜀锦可是蜀中一宝，早在三国蜀汉时期便名满天下。前蜀皇帝王衍，穷奢极欲，酷爱蜀锦。他喜欢打马球，便在球场四周搭上围栏，再用一匹匹精美的蜀锦将围栏包裹，真是五光十色，满眼锦绣。他把这种马球场称为锦栏球场。他又用蜀锦和其他绸缎覆满宫中假山，号为'缯山'，并在这'缯山'旁建起锦楼丽阁，以便他在上面一边欣赏光彩夺目的锦山，一边开怀畅饮寻欢作乐。你说他奢侈不奢侈？"

"果然太过奢侈！这蜀锦如此华贵，如此艳丽，如此精致，不知要花费织锦工匠多少功夫，简直让这个王衍给糟蹋了！"程夫人不由得也感叹道。

苏洵笑道："还有更稀奇的事呢！远的不说，就说我大宋朝，就有两位大官为了蜀锦，一个丢了脑袋，一个丢了宰相。"

"还有这样的故事？相公不妨说来听听。"程夫人对丈夫的话来了兴趣。

"既然夫人乐意听，那我就给你摆这两个龙门阵。"苏洵也是兴致勃勃："一个故事发生在真宗朝咸平年间。当时的益州兵马钤辖叫符昭寿。他可是个有大背景的人，他的姐姐便是太宗皇帝的符皇后，他自然是响当当的国舅爷，真宗皇帝也得尊他一声舅舅。他对蜀锦是特别地热爱，爱得胜过天下所有的东西。不是说他真懂蜀锦，他爱的是蜀锦可以给他带来白花花的银子，爱的是蜀锦可以为他铺开锦绣前程。他在成都建起一个规模宏大的蜀锦坊，雇来大批能工巧匠为他夜以继日地编织蜀锦。他把这些美丽的蜀锦运到京城，一是在市场上倒卖赚取巨额利润；二是用蜀锦贿赂朝中高官为他的走私行为保驾护航。这倒也罢了。可他长期拖欠蜀锦坊工匠的工钱，甚至半年才给一回。更为可笑可恨的是，他给工匠发工钱后，又派他手下的士兵装扮成土匪，把工钱给抢回来。可怜那些工匠分文未得，白白辛苦一场不说，还被吓个半死。后来，这个符大国舅终于惹得天怒人怨，激起兵变，被手下神卫卒砍了脑袋。你说可叹不可叹？"

"这倒真是奇闻！"程夫人叹道，"还有一个故事又是怎样的呢？"

"这个宰相丢官帽的故事更神奇。"苏洵继续绘声绘色地讲述，"当朝宰相文彦博知益州时，曾经让工匠织造了一幅织金灯笼锦，送给当今圣上最宠爱的张贵妃。这种织金锦乃是用纯金捶打成极薄的片，再把金片切割成金丝，又将金丝缠在丝线上，捻金织造而成。这织金灯笼锦的图案就是一排排色彩华丽的宫灯。据说张贵妃用这幅织金灯笼锦做成光彩照人的锦服，穿在身上在皇宫里为皇上侍宴。张贵妃服饰金光闪闪，辉煌绚丽，雍容华贵，艳惊后宫，让皇后都黯然失色。仁宗皇帝满眼锦绣，如睹天仙，于是龙心大悦，对张贵妃的服饰妆容赞不绝口，除了大加赏赐外，对其更是宠爱有加。在皇帝跟前挣了面子，张贵妃对文彦博自然青眼相看。后来文彦博当了宰相，便有素称耿介的御史唐介弹劾他是因走贵妃的后门而升官。文彦博素有大才，自然不服气，双方闹到了圣上面前，争吵得不可开交。后来皇上不得已，先把唐介贬到了英州，后又把文彦博的宰相罢了，让他知许州，才把这场风波平息。看看，这蜀锦惹出了多少麻烦！这也说明蜀锦的珍贵和后妃及达官贵人们对蜀锦的喜爱。"

"相公果然有才，把这些故事讲得这么生动。看来这蜀锦生意更是非做不可了！近日我便去成都，争取把这桩买卖做成！"程夫人下定了决心。

两天后，程夫人带着婢女秋雨携一批生丝去成都寻找加工的蜀锦坊。成都的蜀锦作坊基本上都集中在原锦官城一带，也就是今天的成都市百花潭公园附近。早在三国时代，蜀汉朝廷便在那里开办大规模的官办织锦作坊，而且专门设置官员管理，这个官员就称为锦官。后来官府在这一带筑起了城，以保护蜀锦生产，此城便名唤锦官城。后来，蜀锦日益声名远播，远销魏、吴，直至西域诸国，再后来，人们便把锦城或锦官城作为成都的美丽别称。唐代杜甫有诗为证："锦城丝管日纷纷，半入江风半入云。"又有诗云："丞相祠堂何处寻，锦官城外柏森森。"在宋代，这一带依然织锦作坊林立，机杼之声不断，一匹匹精美异常、绚丽多彩的蜀锦从这里的织机上流淌出来。

到了成都，把生丝先寄存在客栈里，程夫人便带着秋雨坐着当时成都的"的士"鸡公车往原锦官城去。这鸡公车就是一种手推独轮车，由于看起来像鸡的形状，蜀中百姓便叫它鸡公车。这可是蜀中城乡百姓重要的人力运输工具。一般人用车推一百多斤东西轻轻松松，技术好、力气大的，推个二三百斤也不在话下。这坐人的鸡公车，铺着十净柔软的垫子，还有一个细篾编织的靠背，脚下还有踏板，顶上有遮风挡日的布篷，是成都城里女性的代步专车。一个小伙儿推一个姑娘，简直健步如飞。程夫人主仆二人坐着吱吱呀呀的鸡公车，看着成都城里繁华的街市风景、锦绣人物，倒也十分惬意。不到一个时辰，便到了如雷贯耳的原锦官城。这里果然蜀锦作坊一家连着一家，机杼之声相闻。程夫人看到一家名叫云锦的作坊，便前去打听，看老板是否愿意为自己加工蜀锦。

云锦坊老板姓李名成。听了程夫人的想法，沉思了一阵，回答道："夫人，要说呢，你这想法颇为不错。但我们这作坊主要是编织蜀锦，并没有配套染坊。我购进的丝都是染了色的，直接上机织锦。你用原色生丝同我换蜀锦，我还要把生丝拿到别的染坊去分别染成各种颜色，费工费时，太过麻烦。因此，我坊没有精力来做这种事。还是请您另寻高明吧！"

碰了个软钉子，程夫人有些失望。自己没做过蜀锦，当然不知道这里面的工序，看来自己想得还是简单了点。这天，主仆二人一连找了几家蜀锦作坊，遇到的都是同一个难题，没人愿意接受原色生丝。

奔波了一整天，走得腿脚酸痛，却没有任何成效。程夫人和秋雨只得回到客栈。晚上躺在客栈的床上，程夫人像烙饼似的辗转反侧了许久。她总想理出个头绪，看看怎样破解难题。她想，总不可能自己把生丝染了色再送去加工吧？自己根本搞不懂染什么颜色，或者各染多少。而且这样岂不要浪费很多时间？还要先付一笔染丝费。她觉得，只能找到那种染坊和蜀锦织造坊一体的作坊，可能才做得成这用生丝加工蜀锦的生意。未必偌大的成都那么多蜀锦坊就没有一家染织一体的？程夫人认为，只不过是自己没有找到而已。那就明天接着找呗！思路一定，程夫人剩下来的觉也就睡得安稳香甜了。

第二天一大早，主仆二人在客栈用过早饭，又坐着鸡公车往原锦官城跑。这回程夫人讨了巧，专门打听有没有染织一体的蜀锦坊。最后终于有人告诉程夫人，有一家叫涤锦坊的，便是染织一体。程夫人不由大喜，和秋雨赶紧坐着鸡公车去寻。

那鸡公车推过几多街巷，几经曲折，颠得主仆二人屁股都发麻了。转过一个街口，程夫人终于看到前面有一家作坊，大门上悬着一块黑底大匾，上书三个金字——涤锦坊。程夫人心中不由大喜：真是峰回路转，终见希望。

涤锦坊老板姓陈，名飞，为人十分豪爽。双方互通姓名之后，他把程夫人让进客厅，命人奉上香茗。然后开口道："夫人远道而来，不知有何见教？"

程夫人开门见山道："想与陈老板做笔生意，如果可以呢，还希望长期合作。"

"不知夫人想做什么生意？莫不是要买我家的蜀锦？

这可有些为难，不完成官府的任务，我们这样的作坊是不敢自己卖的。因为生丝是定量配给的。"陈飞颇有些为难地回答道。

"这我知道，所以我想了一个变通的办法：用生丝来换你的蜀锦。而且我还知道，你的蜀锦坊是染织一体，不存在还要把生丝拿出去染的问题。当然，我会奉上一笔令陈老板满意的加工费，而且用交子支付。你最多只需让工匠们加加班。"程夫人开诚布公地说出自己的想法。

陈飞这个蜀锦作坊正是染、织一体化，生丝自然是他不可或缺的原料。见程夫人远道而来洽谈蜀锦加工业务，所给加工费十分公道，并且用交子支付，心里非常乐意。因为这种方式，他无须买卖，便可挣一份现成的加工费，比为官府干活儿挣钱快多了。于是，陈老板高兴地表示，只要交割了生丝，付了加工费，立马可以按量提取蜀锦，并不需要等到用客户的生丝来加工好。就像用麦子换面条付加工费一样，并不需要将自己的麦子加工成面条。当然，生丝的质量非常重要，品质不佳的生丝作坊是不会交换的。一手交生丝和加工费，一手交蜀锦，这样一来，就节省了客户的时间。

程夫人大喜，没想到踏破铁鞋无觅处，得来全不费工夫。既然合作条件达成，程夫人与涤锦坊陈飞老板签订了一个长期合作的合约。陈飞把程夫人带到成品室里，只见有20来个花色的蜀锦陈列在此,果然五光十色,艳丽夺目,其中便有著名的灯笼锦和落花流水锦。尤其是那落花流水锦最为巧夺天工:只见那翻滚的波纹上,漂浮着一朵朵灼灼桃花,款款流去。让人如身临其境,似乎闻得见花香,听得到水声。连程夫人也不由得惊叹:"难怪人们爱蜀锦爱得疯狂,就你这些蜀锦也够让人眼花缭乱了!要是送到京城,不知要迷倒多少美女呢!"

陈飞听了程夫人这话,也是开心得很:"程夫人说得极是。听外地客商说,咱这蜀锦,连西域的外国人都喜欢得不得了,甚至贵比黄金,做的服装只有皇室的人才有资格穿呢!"

程夫人听了,大为感叹,心想,这可真是长知识了,原来这蜀锦比自己想象的还要金贵。程夫人根据所带生丝的数量,换算成成品,精心挑选了几种花色的蜀锦,带着满心欢喜快速回到眉山。

纱縠行卖蜀锦了!这消息一天之内飞遍了眉山城。引得大户人家小姐、太太们蜂拥而至,把个店铺挤得水泄不通。第一批蜀锦很快售罄。按照与陈飞的约定,程夫人源源不断地把生丝通过驿站发往成都涤锦坊,陈飞收到生丝后又按程夫人指定的花色品种把蜀锦通过驿站发往眉山城。这样,形成一个不断的供货链条,保证程夫人的蜀锦不致断档。加工费则通过汇兑付给陈飞。这就避免了人的奔波劳累，而且效率更高。没多久，邻近县城的有钱人家眷也闻风前来光顾。光鲜的蜀锦自然带来"光鲜"的利润，纱縠行的生意于是又好了几成。不仅如此，纱縠行积压的生丝也有了极好的出路。孙胜抵押给程夫人的 1000 锭生丝，足够加工成 30 匹蜀锦，价值 600 贯。即便算上加工费，这一笔生丝程夫人至少可以赚 300 贯。在当时的大宋，有的地方一贯钱可买 10 亩地，一石米（相当于现代 75 千克左右）只需 600 文钱。而一贯钱等于 1000 文。那孙胜本想坑程夫人一把，没想到竟然帮程夫人赚了大钱。也许这是冥冥中注定的好心有好报吧！

后来，孙胜听说自己抵押给程夫人的生丝不但没有整倒程夫人，反而让程夫人赚了一笔丰厚的利润，不禁懊悔不已。他一方面自叹没有程夫人这样的商业头脑，一方面又恨程夫人运气太好。其实，像孙胜这样的人，根本想象不到程夫人成功靠的是进取与冒险的精神，创新与探索的财商，勤奋与吃苦的品质，并非靠偶然的运气。

第六章　竹　编

从成都回到眉山，程夫人又开始考虑另一个商机。她从成都加工蜀锦，运回眉山可以赚大钱。那么，可否把眉山的货物运到成都，在成都市场上赚钱呢？这样一来，就可以两头不落空，不但节约了成本，而且扩展了生意。此时的成都久别战火，农商兴旺，市场繁荣，又有纸币交子推动交易，真个是百业兴盛，物畅其流。最具特色的是时兴十二月市。即每个月以一种商品为主题，在特定的市场连续展销十日，相当于现代的商品展销会。这十二月市大体上依据季节、节日而设：一月灯市，二月花市，三月蚕市，四月锦市，五月扇市，六月香市，七月七宝市，八月桂市，九月药市，十月酒市，十一月梅市，十二月桃符市。根据这样一个市场特点，程夫人考虑的是，眉州有什么特产可以在成都市场上受到欢迎呢？

程夫人的脑子飞快地转着，想从记忆中筛选出心仪的货物。此时正值初夏，这天有些闷热，程夫人顺手拿起一把精致的篾扇，在手中轻轻摇着。一丝丝柔和的凉风掠过脸颊，让她精神一振。猛然间，她停住手，一双秀目盯住了扇子。这把篾扇是用极细的篾丝编成，上面编着碧绿的"清风"二字，扇面呈倒桃形，十分优美。程夫人心里一动：青神竹编可是一绝，把竹编扇作为主打，再辅以竹篮、竹编小动物，也许能打动成都的佳人，以及那些爱好雅致竹扇的文人骚客。

程夫人又一次用独特的眼光，瞄准了独特的产业。这不是财神对她的特别青睐，而是她敢于不断追求新的商机的当然回报。

青神竹编有着悠久的历史。传说早在几千年前，青衣神蚕丛氏来到青神一带，见到这里山清水秀，人民勤劳，便教当地百姓种桑养蚕，缫丝织绸。青神出产的美丽丝绸打动了天上王母娘娘的外孙女绿竹仙子的心，她毅然下凡，来到青神，也带来了天上的仙竹。从此，青神便有了竹子，漫山遍野的竹子苍翠碧绿，如诗如画，如海似洋。到后来家家种竹，户户会用竹篾编织器物。人们吃竹笋，居竹舍，开竹扉，穿竹鞋，戴竹帽，乘竹筏，搭竹桥，日常生活完全离不开竹子。

传说毕竟是传说，实际上，早在唐代，青神竹编就已经颇有名气了。尤其是竹扇，不但是纳凉必备之物，更是集诗书画雕于一体，成为文人雅士手中把玩的艺术品。青神竹扇可以编织成各种形状：团扇、钻石形、鹅蛋形、倒桃形、芭蕉叶形等，扇面上可编字、画，而且非常精美，富有立体感。不过，在程夫人那个时代，青神竹编的名气大概只存在于眉州境内。

程夫人兴奋地把想将青神竹编销往成都的想法告诉相公。苏洵听了却有些担心："夫人啊，这事怕是没那么简单，长途奔波劳神费力不说，在成都的销路能否打开也未可知呢！"

程夫人说："相公啊，你有所不知，我上次去成都加工蜀锦，了解到了成都市场的规律，十二个月，月月都有一个集市。下个月就是五月了，正是成都的扇市。这扇市从端午节那天开始，是以扇子为主题的大型展销会。我们如果能将以精美竹扇为主的青神竹编拿到扇市上去，相信一定能吸引成都的才子佳人。这集市上也有不少客商寻找商机，也许咱们能遇上懂行的人。我不是想在扇市上卖多少竹编，而是寻找长期合作的对象。一旦合作成功，我们今后就只需把青神竹编批发出去，运到成都，交给经销商就万事大吉了。这些事今后交给手下的伙计去做就好了，我不必再亲自经手。"

听了这一番话，苏洵知道夫人对此事已经是深思熟虑，便也不再劝阻。程夫人又专门回了一趟青神，跟父亲的竹编作坊定制了一批编工精巧、各种形状的竹扇和竹编小工艺品。

端午节很快就要到了，程夫人的青神竹编货物也已准备停当。她带着婢女秋雨和伙计王五乘船上成都赶扇市，在端午前一天到了成都。为了去大慈寺扇市方便，程夫人选择的客栈就在东门附近。

端午节这天，天气晴朗，阳光普照。扇市中心大慈寺前一片热闹喧嚣的繁华景象。大慈寺又称大圣慈寺，相传始建于隋，著名高僧玄奘法师曾在这里受戒并讲经。后来唐玄宗幸蜀，亲赐"大圣慈寺"匾额，还赐田一千亩。这个规模，据说是当时中国寺院之最。到了宋代，大慈寺更加香火旺盛。一条解玉溪环寺而流，清水潺潺，岸柳成行，含烟吐翠。大慈寺周围，遍布繁华商业街，乃是成都当时的商贸中心。每年有蚕市、扇市、香市、七宝市及小规模的药市在大慈寺举行，几乎占到了成都十二月市的一半。大慈寺也是宋代益州、成都府的官员们最喜欢的游玩、宴饮之所。每晚夜市流光，百货生辉，美酒飘香，小吃诱人，甚至通宵达旦。无论大家闺秀还是小家碧玉，无论王公贵族还是普通百姓，皆喜食这里的人间烟火，爱看此处的市井风情。毫不夸张地说，大慈寺一带，就是成都的《清明上河图》实景。

这天,程夫人三人早早地起床,随便吃了些早饭,便雇车拉着精美的青神竹编赶到大慈寺前。由于头天订好了摊位,只需把各种形状的竹扇、竹篮、竹编的小动物等摆放好即可。

拾掇好自家摊位,程夫人才得空放眼整个扇市。只见扇市沿大慈寺前的街道向东西两边延伸,足有两里之长。街道的两边都搭着凉棚,凉棚下面便是一个个摆满货物的摊位,依次排开。既然叫作扇市,那扇子便是当然的主角。程夫人顺着一个个摊位看过去,只见各色扇子琳琅满目,巧夺天工。以材料分,有纸扇、篾扇、蒲扇、绢扇、绸扇、木扇、羽扇、麦秆扇、草编扇、象牙扇等;以形状分,有折扇、团扇、梯形、方形、棱形、桃形、芭蕉叶形、葫芦形等。那折扇、团扇之上,一般画有仕女、花草、山水、虫鱼,扇来不仅清风顿生,而且别有一番雅韵。而大大的蒲扇,不仅价廉物美,而且十分实用,扇风既大,还可驱赶蚊蝇。程夫人的青神竹编扇,在其中却是别具一格,既编织精巧,又清新雅致。

其实,这扇市只是以扇子为主打,其他货物也很丰富。大慈寺周围街道百货云集,热闹非凡。初夏应市的各种水果,如桃、杏、李等,水灵新鲜,一筐一箩的,上面覆盖着新鲜枝叶,散发着清新的香味。各类蔬菜苍翠鲜嫩，绿了满街。此外，还有各色糖果、糕点、美酒、丝绸、布匹、日用百货；当然，更有端午节特有的各色粽子、咸蛋、雄黄酒、菖蒲、陈艾、香包；少不了的还有肉类、中草药。那卖蛇药的摊点，更是吸引不少半大孩子围观。摊主不时会从木盒里拿出一条蛇来玩耍，让蛇缠绕在手臂上滑动。那蛇吐着芯子，蛇头不断伸缩。摊主一边玩蛇，一边叫卖蛇药，总会有人买上一两包。城里的孩子带着既爱又怕的心情，围住蛇药摊移不动脚步。总之，整个扇市上，各色货物应有尽有。

随着日头逐渐升高，扇市也越来越热闹，午时以前达到高潮。程夫人的青神竹编摊位前，人头攒动，不断有仕女、文人过来把玩精美的竹扇，对扇面上编出来的字画赞不绝口，认为比画上去的又高妙了很多。那些竹编小动物尤其受到孩子们的喜爱，只要一上手，就再也放不下了。待到午时，带去的竹编已经卖出了一半。这个状况，令程夫人喜出望外。有一些商人模样的也在摊位前徜徉，时不时打听点关于青神竹编的情况。

到了第二天上午，有几位成都客商来到摊位，询问竹编产品经销事宜。程夫人大喜过望，一一接待商讨。一位名叫唐汉的客商不但看得细致，尤其问得仔细，而且他问的问题很特别。

"程夫人，这竹扇上可以编字画，可谓方寸之间，天地广阔。那么，是否可以专门编一幅字、一幅画呢？就相当于写出来的、画出来的，而且装裱过的，可以像纸质的书画，直接挂在墙上作为文人雅士的书房陈设。"唐汉道。

程夫人沉吟了一下欣喜地答道："我想原理是一样的，只是形状不一样而已。不过你这个问题倒是开启了一个思路。以前想的都是在实用器物上编织字画、图案作为装饰。你这个想法就是直接把竹编作为书画的载体，竹编本身就成了编出来的书画作品，真是太好了！你怎么就能想出来呢？"

唐汉见程夫人现出惊喜之色，不由得也心中大快："不瞒夫人说，我正好开了一个古玩店，书画是当然的主角。我看你竹扇上编的字画精美，简直巧夺天工，把平面的书画立体呈现，可以说是进行了第二次创作。因而我才想到这一点的。"

"先生这个主意真是太妙了，你这一想，便把竹编这一普通的器物上升到艺术品了。"程夫人说着，不禁有些激动，"看来，咱们青神竹编更要声名远扬了！如果唐先生的古玩店打算经销青神竹编的字画，我回去就让一些工匠专门编织。"

见程夫人说得动情，唐汉也为自己的奇思妙想颇感得意，脸上堆满了笑容，自然满口应允："程夫人，那咱就约定，你回去先让工匠试着编十幅画、十幅字，我放在店里试销一下。如果销路好，我们再扩大规模。不过，钱可要待竹编字画卖出去了再给您。您看如何？"

见唐汉如此爽快，程夫人也不含糊："这个没问题，编字画费工费时，我依据所花人工给你一个参考价格。我想买这类字画的人应该是出得起价钱的。而且竹编字画今后很有可能成为一种风雅的礼品，太便宜反而可能人家瞧不上。"

"对，对，对！程夫人，您这话说到了点子上了。古玩店的东西可不能是白菜价呀，哈哈哈哈！"唐汉笑了起来。

唐汉留下古玩店的地址，约定好大概交货时间，便告辞而去。

接着，程夫人又与一个名叫黄昉的成都客商达成了经销竹扇和竹编小玩意儿的协议。此次参加成都扇市，程夫人可以说是大获丰收，三天时间里，带去的所有竹编一售而空。

程夫人回到眉山，苏洵在码头接着夫人，心里也是欢喜得紧。他更加佩服夫人的眼光、胆识和追求。程夫人跟丈夫说起竹编字画的事，苏洵对夫人的感觉简直要用崇拜来形容了。他对程夫人说："你这可是前无古人的创举呢！这下我也有用武之地了，我可以帮助夫人写字的底稿，我的书作也可以通过青神竹编广为流传了！哈哈哈哈！"

接下来的几天里,苏洵抖擞精神,写了数十幅字,包括横竖中堂、横幅、对联等。他还把家里收藏的字画一股脑儿搜罗出来,甚至连张天师画像也一并取下,交给程夫人。

程夫人再回青神娘家,一方面搜罗家里的名人字画,与苏家的收藏一起,作为竹编字画的底稿;一方面与家里竹编作坊的工匠商讨如何编制字画并装裱。竹编作坊的工匠也是大感新奇,没想到市场需要反过来促使作坊创新。由于竹编字画要长期保存,程夫人又要求工匠研究竹编防腐、防蛀、防潮的问题。一桩生意,带来了青神竹编的一系列技术革命,这是程夫人也始料不及的。

程夫人回到眉山后不久,便将一批青神竹扇和竹编动物等小玩意儿派人送往成都客商黄昉的店铺。三个月以后,竹编字画也试验成功,送到了成都唐汉的古玩店。尤其是那张天师画像,编织得精美异常,栩栩如生。唐汉见了,惊叹不已,赶紧在店铺里悬挂起来。而且在店门口贴出告示,招徕顾客前来欣赏这些竹编奇葩。从此,青神的竹编艺术,便进入成都不少大户人家家里。而南来北往的客商,又把这些产品视为奇货,携往大宋各地,甚至带至西域各国。程夫人在青神竹编上不仅走出了一条赚钱的道路,更为青神竹编开创了全新的时代。

第七章　窖　藏

两年过去，苏家的各项生意在程夫人的奋力打拼下日益兴隆，家道也一天天富裕起来。而且，程夫人的名气在眉山城里，甚至已经超过了父亲。年轻，漂亮，精明，会做生意，为人仗义，程夫人恰如一英姿飒爽的女将军，在商界横刀立马，纵横驰骋，巾帼不让须眉的美名在眉州传扬。她在眉州的女人心中，是时尚的标杆与风向；她在眉州的男人心中，是模范的妻子形象，人人都以娶程夫人一样的女人为梦想。一个善于经商理财的女人，而且又美丽温柔贤淑，自然是男人梦寐以求的对象。许多人仅为一睹程夫人的风采，不惜绕半个眉山城，也要专门到她的店铺买东西。

程夫人不光在生意上收获颇丰，对家庭贡献巨大，而且个人生产上也是"丰收"。生了八娘不到一年,她又怀孕了。她带着身孕奔波忙碌,谈生意,赶扇市,回青神,折腾了不少日子,直到身子沉重以后,才在家里待着,较少出门。这个日后的天才,原来在娘肚子里便如此活跃,难怪后来会乘风破浪,仗剑天涯。

也许是要为即将到来的新年贺岁吧,景祐三年腊月十九日(1037年1月8日),程夫人和苏洵的第二个儿子隆重降生。苏洵和程夫人商量,先为孩子取名和仲,因为他是苏家第二个男孩。待孩子长大一些,再正式取名和字。这孩子便是后来名满天下、光照千秋的苏轼子瞻!据说孩子出生前,苏洵曾梦见眉州城外蟆颐观里的张远霄道长对他说,要用他那张神奇的弹弓,把天上的文曲星给打下来,作为苏洵的儿子。苏洵一梦醒来,正好儿子出生。反正这也就是一个传说,读者也不必当真。以前写伟人出生,必有异兆,乃是惯常笔法罢了。

小和仲出生后,刚哺育完八娘的任采莲又成了和仲的乳母。程夫人坐完月子就要忙她的生意,当然是没有办法哺育小和仲的。实际上,任采莲从到苏家起,就已经成为苏家的一员。并同苏轼一家甘苦与共,度过一生。她去世后,苏轼还专门为她写了墓志铭。作为苏轼的乳母,任采莲也可以永垂不朽了。

程夫人挑起了养家的重担,而且把生意做得风生水起，苏家完成了从温饱到小康再到富裕的三级跳。这个任务可以说完成得极为出色。不仅如此，程夫人又顺利地生育了两个儿子。宋仁宗宝元二年（1039），苏洵的第三个儿子出世，先取名同叔，后名苏辙，字子由。

然而，苏洵的任务可完成得不怎么样。他虽然竭力发奋读书，参加科举考试，但似乎他就是没有这个命。他进京参加进士考试，铩羽而归；后来又参加茂材异等选拔考试，再次名落孙山。这茂材异等考试也就是大宋朝廷为选拔特殊人才而设置的。总而言之，苏洵每次都乘兴而去，败兴而归。屡败屡考，屡考屡败，苏洵感到非常沮丧。上京考试不仅路途遥远，来去艰难，费时费力，而且每次还要花去不少盘缠。这可是夫人辛辛苦苦一个子一个子挣来的血汗钱啊！作为一个七尺男儿，不但不能养家，还要靠夫人挣的钱读书、考试，而自己却屡试不中。因此，苏洵从内心深处觉得自己有负妻子的厚望，实在对不起含辛茹苦的夫人。后来，在苏轼兄弟一举拿下进士头衔后，苏洵曾苦笑着打油一首："莫道登科易，老夫如登天。莫道登科难，小儿如拾芥。"

程夫人自然知道苏洵的付出和努力，也知道他有才华，可就像南辕北辙一样，他总是入不了科举那条道。由于屡考屡败，到后来，苏洵甚至有了考试恐惧症。程夫人见苏洵如此，知道他恐怕确实走不通科举考试这条路，便对苏洵说："相公，你也不必自责，我看你已经尽力了。你也不必再为科举烦恼，你就按自己的想法，喜欢什么就研读什么，想写什么就写什么。俗话说，人不能在一棵树上吊死。不参加科举，你的书也绝对不会白读的。最不济，总可以教教孩子们啊！"

程夫人轻轻地便将苏洵身上的千钧重担卸了下来。苏洵把过去写的两三百篇文章翻出来读了一遍，觉得这些文章是那样幼稚，是那样浅薄，是那样无病呻吟，是那样隔靴搔痒。他把这些昔日视为珍宝的文章付之一炬，让它们灰飞烟灭。他要彻底告别过去，他要与原来的苏洵决裂，他要像浴火的凤凰一样涅槃重生！苏洵从来没有感到过那么轻松愉快。他不再勉强自己去学习那些辞赋，不用再去烦心地研究那些句读声律，他把精力放在经史之上，放在研究诸子百家之上，他要以儒家为宗，同时汲取佛、道、法、墨、兵、纵横等各家所长，以考究古今治乱得失，提出解决办法。他有一个观点，读书就是应该学以致用，对治理国家、发展民生、富国强兵有用。他沿着这个理想的观点筑成的崎岖道路一直走下去，终于打通了自己成才成名的另类门径。此是后话不表。

一天晚上，春草和秋雨正在库房里熨丝帛。这丝帛易皱，需要熨平整才有卖相。春草正用力推动熨斗，突然扑哧一声，右脚一下陷到地下去了一截，她吓了一大跳，心咚咚直跳。她慌忙把右脚拔出来，用烛火照着一看，仿佛下面是一个洞，也不知里面有什么东西。春草赶紧去找程夫人。程夫人来看了看，让春草和秋雨先不要声张，等第二天天亮了再说。

第二天一大早，程夫人叫来王五，把熨东西的桌子抬开，顺着春草陷脚的地方挖下去。刨到大概两尺多深的地方，土里露出一块两尺见方的乌木板。程夫人让王五小心翼翼地把乌木板上的土扫干净，轻轻揭开，下面赫然现出一个小瓮，里面有东西闪着金属般的光泽。程夫人点燃蜡烛，让王五照着。王五左手举烛，右手伸进瓮里摸索，突然兴奋地叫了起来："东家，咱们发财了！"右手抓出一个沉甸甸的银锭，足有十两重。接着，王五又陆续从瓮里拿出19个同样大小的银锭，10个五两重的金锭，放在桌上，闪闪发光。

正在这时，春草和秋雨跑了进来，看到桌上的金锭银锭，完全傻了眼："天啦，里面果然有宝贝！"春草叫道。

程夫人脑子飞快地转动，马上镇定地对王五说："快把这些东西原封不动地放回去！"

王五怀疑自己的耳朵听错了："东家，你说的是全部放回去？"

"对呀，全部放回去。这肯定是房东埋下的财宝，可能日子久了给忘记了。"程夫人坚定地说。

"可现在是东家您在住这房子呀，你取了这些东西也是应该的。"王五还在犹豫。

"我们只是租住人家的房子，这地上地下的东西都是房东的，我们不能取这不义之财。赶紧放回去！"程夫人口气严厉了些。

"好，东家！"王五极不情愿地把金锭、银锭全部放回瓮里，又把瓮放回原位，依然用那块乌木板盖好。

"把土也全部盖上，恢复原状。"程夫人继续指示。

王五用挖出的土将坑填平，又用脚踩实。

"这事你们都不许在外面乱说，就当没有发生过，听到没？"程夫人神情严肃地对王五和春草、秋雨说。

程夫人一向待下人和气，从来没有如此严肃过。三人心里不由凛然，嘴里赶紧回答："是，东家。"

程夫人锁好库房，回到卧房，赶紧把发现宝藏的事跟苏洵说了，并商量道："这么大一笔财富，合起来至少价值700贯，足以买几座这样的房子了。这一定是房东的先人留下的，可能房东也不清楚。我们得赶快把这些财宝还给房东，否则时间长了恐怕会有什么闪失，毕竟有这么多人知道。"

"你就没想过我们自己留下？"苏洵玩笑道。

"相公，你我都不是那种见利忘义的人，你莫开这样的玩笑。"程夫人正色道。

"好了好了，不开玩笑。我们尽快找到房东，把这笔财宝归还他们就是。"苏洵收起讪笑。

"事不宜迟，相公你赶快去找房东，跟他们约好，今天晚上晚点儿来取。这样神不知，鬼不觉。另外，这东西不轻，最好让他们赶着马车来。"程夫人交待。

"夫人放心，我这就去。"苏洵爽快地应道。

这时的苏家，早就又有漂亮豪华的马车了。苏洵自己驾了车，径直往城北房东刘轩家驰去。

眉山城本来不大，半个时辰不到，苏洵便到了刘家。见租户苏洵到来，刘轩热情让进客厅，奉上香茶："苏家三先生这么早就来我这儿，不是为了送明年的租金吧？"

刘轩按苏洵在家里的排行称呼。他知道这租户的家世，态度也是恭敬得很，脸上堆满了笑容。

"我确实是来给房东送财富的，不过不是房租，可比房租多多了！"苏洵欣喜地说。

"给我送财富？"刘轩一头雾水。

苏洵低声将来龙去脉告诉了刘轩，听得这房东先是瞠目结舌，后是脸放异彩。一大笔财富从天而降，谁也不会无动于衷。

"我仿佛听父亲在世时说过，我家先人留下了一笔宝藏，但不知是真是假，更不知道藏在哪里。没想到还真有这回事。"刘轩似乎恍然大悟。

"那你就今天晚上子时之前亲自来取。对了，这东西有些沉，赶着马车来，记得走后门。"苏洵嘱咐道。

刘轩听了，心里非常感动。如果换一个人，私下把这些财宝吞了，房东也完全不知情。而苏家夫妇，却如此君子胸怀，不为金钱所动，轻利重义，可以说是高风亮节，难能可贵呀！于是说道："苏家三先生，你们一家如此仁义，我也不能不有所表示，今后的房租我就不收了，以报此情！"

"这哪儿成呢？房租是房租，感情是感情，租房交房租天经地义。何况我租你这房子，生意兴隆，发家致富，也是托了您的福呢！这个使不得！"苏洵婉拒道。

刘轩听了，对苏家夫妇愈发敬重："好吧，恭敬不如从命，那就依你们。不过，这份情我是记住了！将来有什么需要我帮忙的，一定效犬马之劳！"

"先生客气了，倘若日后有事，一定叨扰！告辞了！"做了一件大好事，苏洵心里也是十分舒爽，与刘轩欢喜道别。

当天夜里子时之前，一辆马车从远处冲破夜色驶来，缓缓地停在纱縠行的后门。车上下来两个人，前面一个正是刘轩，后面跟着他身材健壮的贴身小厮。刘轩轻轻地敲了两下门，吱呀一声门开了，里面的人擎着蜡烛将刘轩二人让了进去，后门又吱呀着紧紧关上。迎接刘轩二人的正是苏洵，他径直把二人引到埋藏财宝的库房。此时，程夫人和王五已经在那里候着，只等刘轩前来看着开挖。见刘轩进来，程夫人低声打过招呼，便命王五开始发掘。

这土已经是疏松的，挖来十分轻快，不一会儿，王五便将上面的土全部清除，露出那块盖瓮的乌木板。王五揭开乌木板，又将小瓮周围的土刨开，双手提着瓮口，吸了一口气，"嗨"的一声，用力把小瓮从土里拔了出来，放在平地上。王五脸上，已沁出细密的汗珠。而小瓮上面一层的银锭，在烛火照耀下，正闪着神秘而诱人的光芒。

程夫人让王五把瓮里的银锭、金锭一一拿出来，轻轻地放在旁边的桌上，正是20锭10两的银锭，10锭5两的金锭。这些金银虽然埋藏了很久，可依然色泽分明，在烛光下闪闪发光。程夫人让王五将金锭、银锭重新放进瓮里，示意刘轩接收。刘轩神色颇为激动，眼睛也有些湿润。他低声向苏洵夫妇深深道谢，一再施礼。然后，让身边的小厮抱起小瓮，匆匆仍从后门出去。二人上得马车，小厮一声吆喝，那马便"嘚嘚"地小跑起来。渐渐地，马车消失在眉山城的夜色里。

苏洵夫妇看着远去的马车，心里一块大石落地。"今晚终于能睡着了！"程夫人轻声说道。二人关了后门，又回到库房。王五已经将土重新填好踩实，并且把桌子挪到上面。程夫人拿了些钱给王五，嘱咐他对任何人都不要说起此事。王五表示，绝对守口如瓶。

此事过了不久，程夫人娘家的堂侄子程之问来家玩。苏洵一家当然殷勤款待。这程之问十七八岁，正是春情勃发的年龄。见到苏家春草、秋雨两个婢女长得面如九夏芙蓉，腰如三春弱柳，早已是心猿意马。只要瞅到柜台上顾客少点儿，他便以帮忙为名，跑去与二位美女搭讪，试图套套近乎，看有没有可能占点儿便宜。

这天恰好顾客稀少，春草与秋雨闲来无事，便凑到一起聊天。正巧程之问从里屋来寻二位美女说话。听到二人在那里嘀咕，便先不现身，在帘子里面偷听她们说些什么。

春草说："夫人也是忒讲仁义了，眼看那么多宝贝，挖都挖出来了，偏偏又要埋回去！"

"可不是，听王五说，那些金锭、银锭可值钱了，普通人家一辈子也挣不了那么多钱呢！不过，这些年夫人生意做得好，钱赚得多，恐怕都看不上这些宝贝了！"秋雨也附和着说道。

"要是我家有这么多宝贝就好了！"春草眼睛里放着光，眼前满是那些散发着迷人光泽的金锭银锭。

"你做梦吧！哈哈哈哈！"秋雨用指头在春草头上戳了一下，笑了起来。

"好啊，你们在说什么宝贝，是不是你们二人偷了咱姑妈的东西？"程之问猛然间从里面掀开帘子，一下冲进了柜台。

春草和秋雨哪里料到会有人偷听，顿时吓得脸色惨白。春草忙说："程少爷，你莫乱说，我们说的是你姑妈的宝贝儿子。"

"春草，你扯谎也不打草稿，你明明在说家里挖到了什么宝贝，是我姑妈要把它埋回去。对不对？你快把这件事的来龙去脉告诉我，也许我可以劝姑妈再把它挖出来。你要是不说，我就去告诉姑妈，讲你在背后乱嚼舌根！"

程之问这话一出口，可把春草吓蒙了。夫人嘱咐了此事不得外传的，如果程之问真的告诉了夫人，自己恐怕连这个饭碗都保不住。于是赶快求情道："程少爷，我把全部事情经过都告诉你，你绝对不能外传，只求你千万不要告诉夫人！"

"这就对了嘛！放心，苏家的事就是程家的事，我发誓绝不外传。"见春草如此告饶，程之问转怒为喜。

于是，春草便把在库房里熨丝帛时，自己的脚如何突然陷进了土里，如何发现了洞，又如何挖出了一个瓮，里面有多少金锭银锭，又如何埋了回去等一五一十地向程之问说了。秋雨又郑重其事地作了若干补充。自然，春草和秋雨并不知道后来的事，她们都以为那些宝贝还埋在库房的地底下。

程之问听了，心中不由得狂喜。但他表面上却不动声色。对春草和秋雨二人说："我知道了，姑妈是个大好人，不贪钱财，想必她认为这些个宝贝是房东的，所以才埋了回去。既然如此，我也不劝姑妈再挖出来了。总得成全姑妈一片仁义之心啊！"

春草和秋雨听了，方才松了一大口气。春草连忙说："程少爷说得是，你姑妈确实仁义，我们应该成全她！"

"好，你们千万别再把这事告诉其他人，今天也是遇到我了，要不然你们就惹大祸了！记住！"程之问反复叮嘱二人，他不想再有人知道这个宝藏的秘密。

程之问也不再在柜台逗留，匆匆回到客房。他异常兴奋，感觉自己要发大财了。一堆光彩夺目的宝贝就在他身边，他怎么可以视而不见呢？他一定要得到这批宝贝！可怎样才能拿到这些财宝呢？任凭他抠破了脑袋，也想不出良策。他是不可能在苏家把这批宝贝挖走的。办法只有一个，那就是等苏家不再租这房子以后，自己把房子续租下来，那个时候，想怎样挖就怎样挖。只是可能要等上许多年。哎，等就等吧，不等又能怎样？程之问说服了自己，便倒在客房的床上做起了白日美梦。

第三天，程之问向姑妈告辞回家。临行前他对姑妈说，这个店铺口岸好，能赚大钱，要是姑妈今后搬新家，千万提前告诉他，他好续租下来做生意，绝不能落到外人手里。堂侄儿这个要求并不过分，程夫人一口答应。

几年以后，程夫人要搬新家，果然按当年承诺提前告诉了堂侄儿。程之问立马向刘家续租了这座房子，爽快地交了一年的房租。他认定这投资绝对划算，只要发掘出宝藏，这就只是小钱。想着要发大财了，程之问兴奋得两三个晚上没睡好觉，天天晚上做挖到宝贝的春秋大梦。就在程夫人搬走的当天，程之问便迫不及待地进住。他把大门紧闭，让两位壮实的仆人在库房里大动干戈，定要把宝贝挖出来。可奇怪的事发生了，原来听说宝藏只埋有两三尺深，可两个壮汉挖了四五尺深，还没有见到乌木板的影子，那个装宝贝的小瓮更是杳无踪影。程之问命令仆人继续深挖，直到把整间屋都挖了个底朝天，一丈多深，却连一块瓦片也没挖出来。程之问糊涂了，明明说的是这间屋，这宝贝跑哪里去了？他怀疑是不是当年两个婢女说错了地方，索性命人把全部房间都掘地五尺，可依旧一无所获。程之问沮丧不已，也困惑不解，自己盼了那么多年的发财良机，咋就成了黄粱一梦呢？不仅空费了力气，还白白折进去一年的房租！他怎么也不会想到，这些宝贝早就完璧归赵了。

又过了许多年，当年还是幼童的苏轼成名之后，把这件事写进了一篇文章：《记先夫人不发宿藏》。不过，这文章却留下了程夫人不发宿藏，而程之问却什么也没有挖到的千古之谜。

第八章 启 蒙

人们常说,好过的日子总是飞箭一样易逝,苏家也是这样。一转眼三年过去了,时光流转到仁宗皇帝庆历三年(1043)。程夫人经商养家已经8年了。在她的精心打理下,苏家的生意越来越兴旺,苏家已然巨富,在眉山城里无人不晓。

前一年,苏家在离纱縠行不远处买了一座园林式住宅。这宅子坐北朝南,一共三进,气势十分雄伟。进得朱漆大门,便是一通照壁,据说是挡住财气不致外泄。其实是不让路人一窥院里情形。这一进庭院,青石铺就,两旁各种4株柚树,遮阴挡雨。正面是宽敞的客厅,两厢是书房、客房。二进正房苏家老爷子居住,这也尊老的意思;然后是苏洵和程夫人的卧室。两厢是乳娘任采莲带着八娘同和仲住一边，乳娘杨金婵带同叔住一边。三进便是厨房、库房、磨坊等，以及家里的厨子、婢女们住的地方。

最后面有一个五六亩大的园子，十分宽阔。这园子小部分作为菜园，专门请了一个种菜能手侍弄，为家里饭桌上增添些时令蔬菜，而不必全部到市场上买。倒不是苏家缺少买菜的钱，而是觉得这园子荒了实在可惜。园子的大部作了花园，种着桃树、李树、梨树等果树，甚至还种了几株樱花。一到春天，园子里姹紫嫣红，美不胜收。那樱花开得灿若云霞，落英缤纷。园里花草繁茂，少不了春兰秋菊，夏榴冬梅。尤其是那一丛丛竹子，苍翠挺拔，郁郁葱葱。这竹的品种繁多，有洒满泪斑的湘妃竹，竹节酷似大肚的罗汉竹，还有水竹、毛竹、慈竹、方竹等。花园里石板铺就的小径曲折蜿蜒，通向一个飞檐朱柱的六角亭子。亭畔便是一个池子，池里夏秋长着亭亭玉立的荷花。再旁边是一口水井。井水甘洌、清甜，冬暖夏凉。苏家饮用、做饭、洗衣等，都是用这井水。

此时，苏家的孩子们也渐渐长大。长子景先在和仲出世的第二年便一病夭折了，只活了8岁。此时八娘是家里最大的孩子，已经7岁了，和仲6岁，同叔4岁。程夫人有了新的想法。这些年苏家生意顺风顺水，虽不说日进斗金，却也是财源泉涌，家里积蓄颇丰，住上了新宅子，又开了新店铺，对于养家而言，可以说是无忧无虑。程夫人操心的是，孩子一天天长大，该如何教育的问题了。她不能学苏序老爷子无为而治，她的家教理念是一定要引导。

于是，程夫人又下了一个决心：自己不再具体管生意。她聘请了掌柜史福帮助打理全部业务，自己当起了跷脚老板，除了重大决策外，日常事务统统不问。这史福是苏洵舅舅史达的侄子，即苏洵的表兄，从小跟史达做生意，也算经验丰富，驾轻就熟了。而且又是亲戚，彼此信得过。最早的两个婢女春草和秋雨早就各送一份丰厚的嫁妆，配了好姻缘，也算兑现了当年的承诺。陪嫁的侍女夏荷也由程夫人亲自做主，许配给了一个殷实人家。现在的伙计都是男的，一个个年轻力壮，也不用担心因婚姻而随时离开。

眉州那时的习惯是8岁发蒙，可以去城里的乡学读书。程夫人想，孩子上学之前这些光阴也不能白过，总不能成天撒尿和泥玩儿吧？或者就在后花园里逗猫惹狗？要么打弹弓捉蝈蝈？当然，捉迷藏这些孩子惯常的玩法也是可以有的，但光有这些显然是不够的。那时既没有幼儿园，也没有学前班，只有家庭自己想办法进行学前教育。

程夫人对孩子要引导的教育理念，苏洵是赞同的。根据自己的切身体会，完全放任自流还是有问题。自觉的孩子无须大人督促便可以认真读书做事，贪玩儿的孩子就需用规矩去矫正其不好的习惯，让他养成学习上的自觉。夫妻俩商量，八娘7岁了，和仲6岁了，可以教他们背点儿诗，写点字，涂点鸦，主要是培养他的学习兴趣。当然，给孩子讲故事，是必不可少的节目。

夫妻俩也做了一个分工：教孩子背诗，给孩子讲故事主要由程夫人做；而教孩子涂鸦和写字，主要由苏洵负责。

这一天，天气晴朗，风和日丽。程夫人带着八娘、和仲和同叔来到后花园游玩。程夫人一边同孩子们赏玩花草，一边教他们认识这些树木花草："这是石榴，5月开花，结的果实也叫石榴，里面的籽儿就像玛瑙一样晶莹剔透，一团一团抱得紧紧的，味道可甜了！"

"我吃过石榴，好甜啊！"和仲抢着说。孩子们吃过石榴，于是对这石榴树留下了深刻印象。

"这是凤仙花，女孩子常用它的花瓣挤出汁水，用来染指甲，所以又叫指甲花。"程夫人指着一株花说。

"我认识指甲花，娘给我染过指甲呢！"这下八娘抢了先。

几个孩子在一起时，往往喜欢争先恐后。

"这是栀子，一般的花都是白色的，只有极珍贵的栀子才是红色的，而且花香特别浓。据说啊，青城山的一个老道就曾给后蜀皇帝孟昶献过几株红色的栀子。这后蜀皇帝珍爱得不得了，把它种在皇宫的花园里，每年初夏花开时,他便在花园里摆下盛宴,与大臣们共赏这红色的栀子花。观其色,赏其形,品其香。"程夫人一边让孩子们认花,一边讲故事。孩子们虽然似懂非懂,但听得津津有味。

"可为什么红色的栀子花就那么珍贵,连皇帝都那么喜欢呀?"和仲歪着小脑袋问道。

"那是因为红色的栀子花少啊,稀罕啊,这就叫物以稀为贵。"见和仲这么爱动脑筋,程夫人欣喜地回答。

"我大概有点明白了。"和仲若有所思地说,"每次去青神程家嘴外婆家,外婆都要做又香又粑的肘子给我们吃。可是好久才能吃上一回哦,我觉得这就很珍贵!"

和仲这个比喻虽然不一定那么贴切,但同样反映出一种特别的对珍贵的理解,而且寄托着一种情感。程夫人赞赏道:"和仲说得非常对,外婆家的肘子就是让人稀罕,就是珍贵。因为那是外婆亲手做的,难得吃上一回!"

得到母亲的赞赏,和仲开心地笑了。

程夫人带着孩子们走到竹林旁,指着一种主干上有紫褐色斑点的竹子问:"你们知道这叫什么竹吗?"

三个孩子都摇摇头,说不知道。

"这种竹子俗名叫斑竹,你们看,上面有那么多斑点。但它还有一个雅称,叫湘妃竹。这个名字的背后,还有一个非常好听的故事呢!"程夫人故意卖个关子,她就是要激起孩子们的好奇心。

"我们要听娘讲故事！"八娘同和仲都拉着程夫人的衣襟央求。同叔也跟着起哄。

"好吧，我就给你们讲讲这湘妃竹的故事。"待孩子们安静下来，程夫人讲起了故事："那是在很久很久以前，有个非常爱老百姓的帝王叫作舜。哪里的百姓有灾难，他就要去帮助他们消除，让人民过得平安、幸福。有一年，他接到地方官员报告，说是湖湘一带的湘江经常洪水肆虐，沿江一带人们的庄稼被淹没，房屋被冲毁，不少百姓流离失所，日子简直没法过。人们哭啊，叫啊，呼唤上天，希望有人帮助他们治理洪水。"

"这些地方的老百姓真是太可怜了！"和仲听到这里，忍不住叹了口气。

"是啊！"程夫人接着讲，"仁慈的舜帝听了报告也是吃不下，睡不着，一心要去帮湖湘的百姓消除洪水带来的苦难。他告别心爱的两个妃子娥皇和女英，便去了湖湘。他带着侍从翻山越岭，涉江过河，吃了好多苦才到了湖湘。听当地人讲，原来是九嶷山上的九条恶龙干的坏事。它们在湘江里兴风作浪，才导致洪水泛滥，百姓遭殃。于是，舜帝带领卫士们上山，与恶龙展开了一场旷世大战，一共血战了三天三夜，终于把恶龙斩尽杀绝。从此湘江风平浪静，洪水不再肆虐。"

"太好了！"听到这里，孩子们都高兴地拍起了巴掌。

"可惜，舜帝的卫士全部战死，最后舜帝也因伤重不治而亡。"程夫人叹息道。

"唉，真可惜！"孩子们也有些难过。

"当地的百姓知道舜帝是为了他们而死，自发隆重地将舜帝安葬在九嶷山上，修筑了高大的墓。九嶷山上的一群群仙鹤，每天从东海里衔来珍珠，把整座墓都镶满了，于是，舜帝墓又称珠墓。"程夫人继续讲道。

"是不是仙鹤也知道舜帝是为了百姓而死的呀？"机灵的和仲又问。

"我想有灵性的仙鹤是知道的。为了天下百姓而死的人，人们才记得他。"程夫人接着说，"后来舜帝的两个妃子娥皇和女英寻到这里，才知道她们的丈夫已经去世。她们在墓前号啕大哭，一直哭了三天三夜，哭出的血泪洒在旁边的竹子之上，就形成了今天我们看到的斑点。为了纪念舜，后世的人们把他封为湘水之神，又称湘君；为了纪念娥皇和女英，把她们称为湘妃，所以人们把斑竹又叫作湘妃竹。"

"原来湘妃竹的名字是这样来的啊，这故事真是好好听！后来那个娥皇和女英怎样了呢？"和仲刨根问底。

"后来娥皇和女英因为太过伤心，都死在了墓旁。人们把她们葬在了舜帝墓的两旁，永远陪伴着她们心爱的丈夫。"程夫人眼睛已经有些湿润。

三个孩子听完也沉默了，他们被这个故事深深地吸引，小小的心灵也受到了震撼。

程夫人见状，赶紧调节气氛："孩子们，你们记住湘妃竹名字的来历了吗？"

"记住了！"三个孩子一齐回答。

程夫人的办法也是一种格物致知法。让孩子们认识一些植物、动物，了解它们，甚至了解它们背后的故事，这就延伸了知识，深化了知识。这种学习方法无疑是比较科学的。

苏家后花园里林木葱茏，便有许多鸟类来栖息。普通的画眉、杜鹃、斑鸠、麻雀自不必说，更有一种羽毛特别艳丽的小鸟，叫作桐花凤，也爱在这里筑巢安家。由于平时程夫人要求家里仆人和孩子们不得捉鸟摸蛋，与鸟儿友好和平相处，这些鸟都不怕人，常常在很低的树枝上做巢。

人虽然不伤鸟雀，但不能阻止其他动物的伤害。一天，一只花猫蹿进了后花园，在低矮的鸟窝里抓住了一只小桐花凤，咬得鲜血淋漓。正在园里玩儿的孩子们发现了，奋力追赶这只猫，最后终于从猫嘴里把小鸟救了下来。和仲手里捧着受伤的桐花凤不知所措，心里既难过又惊慌。同伴中有邻居家的孩子，说："干脆我们把这只鸟烤熟了吃！"

"不行，娘说过，不能伤害小鸟，哪里能烤来吃呢？"和仲摇摇头。

"那咋办呀？我去找娘吧！"八娘说着赶紧跑回屋去。

不一会儿，程夫人急匆匆赶来。手里拿着一个小小的瓷药瓶、一块布和几根线。她从和仲手里接过小鸟，在它的伤口上撒上一些药粉，轻轻用布把受伤的地方包扎起来，再用线绑上。

程夫人对孩子们说："鸟是我们的朋友，对朋友就要爱护。当它们遇到伤害时，我们要尽力帮助。现在我们给小鸟包扎起来，止住了血，看能不能救活它。"

程夫人让和仲捧着这只桐花凤，回到屋里，把它装在一个小木盒里，让小鸟养伤。和仲和同叔天天捉些小虫子喂它。没过几天，小桐花凤竟然慢慢好了起来。又过了几天，小桐花凤居然活蹦乱跳了，又恢复了昔日的生机。它欢快地鸣叫着，仿佛庆贺自己的重生，又仿佛在感谢这一家人的救命之恩。程夫人和八娘、和仲、同叔都十分开心。

第二天，程夫人带着孩子们又去到后花园，她把桐花凤原来的巢转移到高一些的树枝上，让猫、狗之类的动物够不着。然后，再把小桐花凤放进巢里。程夫人和孩子们站远一些，过了一会儿，一只美丽的大桐花凤飞了过来，护住小桐花凤，不停地亲切叫着，仿佛好久没见到一样。

程夫人对孩子们说："你们看，这一定是小鸟的妈妈，它可能以为它的孩子不在了。这下见到它安然无恙，肯定特别高兴！"

和仲和八娘、同叔都开心地笑了。他们和娘一起救活了小桐花凤，让它与家人团圆了。孩子善良的天性得到了释放，这种善良的释放给他们自己带来了欢乐。长大以后，苏轼明白了为什么自己的祖父苏序那么喜欢扶危济困，他是在这种助人中找到了幸福与乐趣。苏轼成名以后，专门写了一篇短文《记先夫人不残鸟雀》，文中记载了这件事情，颂扬了母亲关爱万物、慈悲为怀的情感。

无论是不发宿藏，还是不残鸟雀，程夫人都是在用自己的身体力行来教育孩子们，并让孩子们终生不忘，而且继承下去，发扬光大。

程夫人对孩子们的教育启蒙往往采取场景式的方法。当然，那时并没有这个概念，她只知道，在特定环境下教孩子，会给孩子留下深刻的印象。程夫人在教和仲读李白的《静夜思》时，就是在月光如水的场景下进行的。

这天晚上，程夫人带着和仲，靠在床头，银白色的月光从窗口倾泻而进，洒落在床边。程夫人轻声地一句一句念道:"床前明月光,疑是地上霜。举头望明月,低头思故乡。"她一边教和仲背诵,一边让孩子观察月光从窗口照进来的场景,让孩子感受诗歌的意境:哦,原来诗人就是看到这样的明月、这样的月光、这样的窗口写出诗来的。程夫人还给和仲讲诗人写这首诗时的心境:这是一个月光皎洁的夜晚,李白一个人在外旅行,住在驿站里。月光从房间的窗口流进,照在床前。孤独的李白看着这仿佛白霜一样的月光,不由得思念起自己的家乡:此时此刻,故乡的月也这样明亮吗?家乡的亲人们还好吗?他们也在想念自己这个天涯旅人吗?

和仲靠在娘的怀里,听娘亲念着诗,把这月光之夜的场景记在了心里,把李白望月怀乡的感情藏在了心里。多年以后,在中秋节到来之时,他想念自己在异地的兄弟苏辙,望着天上的月亮,自然而然地从心里蹦出这样的问题:明月几时有?把酒问青天!同时,感叹人有悲欢离合,月有阴晴圆缺;最后从内心深处发出这样的祝愿:但愿人长久,千里共婵娟!

程夫人教孩子们读骆宾王的《咏鹅》时,便带着他们到水池边,看鹅在水面上游玩的场景:"鹅鹅鹅,曲项向天歌。白毛浮绿水,红掌拨清波。"这样,孩子们一边学,一边看着鹅在水里嬉戏,一会儿就记住了这首诗,而且脑子里还有了美丽鲜明的画面。

苏洵为孩子们启蒙时，自有他的方法。他喜欢玩儿欲擒故纵之法。他深知儿童的逆反心理，有时候你让他做什么，他偏不做；不让他干什么事，他偏要干。于是他去书房画画前，故意对八娘、和仲和同叔说："我要去书房画画，你们都不准来偷看哈！"

三个孩子好奇，悄悄商量：一起偷偷去看爹爹怎么画画。估摸爹爹已经开始画了，三个孩子轻手轻脚地溜进书房，站在爹爹的侧背后偷看。只见爹爹握着毛笔，动作优美地在纸上勾勒、渲染，山山水水、人物鱼鸟，一会儿就跃然纸上，可爱极了。他们看着看着，便不由自主地越靠越近，竟然走到了爹爹的书案跟前。他们觉得爹爹手里的毛笔是那样神奇，那样听话，可以点墨成画，可以把山水花鸟搬到纸上。心想，要是自己有这样的本事该多好！苏洵明知孩子在身边，却故意装着没看见，挥笔也有些故弄玄虚，故做深沉，仿佛十分得意、非常享受的样子。让孩子们看着心里和手上都痒痒的，恨不得马上自己也画出一幅优美的画。

八娘第一个忍不住了，她一把上去拉着爹爹的衣角："爹爹、爹爹，你好厉害哦，画得真好，我要跟你学画画！"

"爹爹，我也要学画画！"和仲跟着说。

"我也要学！"最小的同叔也学舌。

"好啊，你们都要学，都是好孩子！不过要学就要一直学下去，不许学一会儿就丢了啊！如果你们做得到，爹爹就教你们，要是做不到，爹爹就不教。"苏洵先把规矩给孩子们定好。

"我做得到！"还是八娘先表态。

"我也做得到！"和仲也保证，小胸脯挺得老高。

同叔拉着爹爹的腿："我也可以！"

苏洵大喜，于是开始教三个孩子画画认字。现代的孩子认字是看图，苏洵教孩子画画和认字同步。日月星辰，花鸟虫鱼，江河溪水，各种器物等，他一边教孩子们画，一边写出字教孩子们认，教他们写。孩子们在画画过程中，就会认、会写好些字了。这个做法可以说是一箭双雕。从此，苏洵每天花一点时间，教孩子们画画、写字。三个孩子也学得快乐，玩得开心，一天天培养出对书画的兴趣，慢慢打下良好的书法、绘画基础。

第九章 爷 孙

隔代亲，爷孙情，似乎是一个千古不变的规律，在苏家也不例外。苏家老爷子苏序对几个孙子、孙女儿疼爱有加，视为宝贝。

长孙景先才长到 8 岁就夭折了，老爷子很伤心，喝了好几顿闷酒。幸而此时和仲也有一岁了，他把爱孙之情转移到小和仲身上。再过一年以后，又有了同叔，老爷子心情更加激爽。孙女、孙儿齐全，个个天真可爱，可以天天绕膝承欢，他觉得自己是特别幸福的人。待孩子们大一些，老爷子便常常把自己作的诗，当作儿歌念给他们听。可以说，八娘、和仲、同叔都是听着爷爷的田园诗长大的。而且，老爷子还特别会打谜语，他让孩子们在猜谜中学到知识。

一天早饭后,程夫人让孩子们去爷爷房里请安。爷爷开心地从糖罐里拿出冰糖哄孩子们。老爷子靠在躺椅上,让孩子们依偎在身边。苏序说:"孩子们,今天爷爷打几个谜语,猜中的,奖一颗冰糖。你们说好不好?"

孩子没有不喜欢吃糖的,八娘、和仲和同叔都跳起来叫好。

苏序道:"那我开始打谜语了——一棵树儿高又高,上面挂着千把刀。猜一种树。"

八娘嘴快:"爷爷、爷爷,我知道,这是皂角树。上面结的皂荚就像一把把刀!外婆家的院子里就有好大一棵皂角树。"

苏序高兴地赞扬道:"八娘真聪明,正是皂角树。我们平常洗衣服的皂荚,就是这个树上结的。这皂角树啊全身都是宝,可以做药,能治好多病呢!"

"我也知道了,是皂角树!"和仲也欢快地跳起来。

"好,我再打一个谜语,这个比较难哦——南阳诸葛亮,稳坐中军帐。摆起八卦阵,单捉飞来将。猜一种小虫,你们经常见到的。"苏序眯缝着眼睛看着孩子们,心想这下可以难倒他们了。

八娘这下不抢了,陷入了沉思;小和仲歪着头在想着;小同叔抠着小脑袋。不一会儿,和仲兴奋地叫出来:"我想起来了,是蜘蛛!是蜘蛛!大人常说那个蜘蛛网就像八卦图呢！"

"和仲果然厉害呀，这也能猜到！来来来，爷爷发糖，八娘、和仲、同叔都有！"苏序开心地给每个孩子一颗冰糖。

老爷子也喜欢给孩子们讲故事。人老了，总喜欢回忆过去，苏序就爱给他们讲自己年轻时的故事。而这些故事就像优良的种子一样，埋藏在和仲和同叔的心田里，一旦时机成熟，便会生根发芽，开花结果。

这天，和仲和同叔又去爷爷那里，要听爷爷讲故事，当然，心里也想着爷爷甜甜的冰糖。苏序说："今天爷爷给你们讲一个很好听的故事，想不想听啊？"

"想听想听！"兄弟俩异口同声地回答。

苏序便给兄弟俩讲了他的一段奇遇。

那时苏序还很年轻，他一个人去了成都游玩。一天，他在成都青羊宫外遇到一个道士。这个道士长得稀奇古怪，尖脸、大鼻、小眼，满脸乱蓬蓬的胡须。这道士见到苏序，便盯着他不放。苏序走到哪里，他便跟到哪里。苏序人年轻，也不怕什么，心里在想，他到底要干吗呢？一直走到一个人迹稀少的地方，这道士把苏序叫住："小兄弟，你想不想跟本仙道学点本事啊？"

"你是仙道？那你的本领很多了？"苏序好奇地问道。

"是啊，上天入地，腾云驾雾，腾挪变化，仙道我都会。就看你我是不是有缘了。"那奇怪的道士说。

"怎么才叫有缘呢？"苏序反问道。

"有缘呢，就是你把身上的银子交给我，咱们就结下了银缘，我就教你变化万物之术。也就是说，这个法术让你想要什么就能变出什么。比如说，你可以变出一座山那么多的银子。你先出点银子很划算的。"道士说，一双小眼睛里闪烁着狡猾的光芒。

听了道士的话，苏序连想都没想就回答道："我可不想要什么不义之财，我也不想跟你结什么银缘。你一个出家人，要银子干吗？还有，你既然法术高超，想变什么就可以变出什么来，你自己变银子出来就是了嘛，何必跟别人结什么银缘？"

那道士听了苏序的话，不由得哈哈大笑："小子，看来你很聪明，比很多人都聪明。我骗不了你，是因为你心里无贪念。若是心里有贪念，那你今天就上当了！"说毕，摇头晃脑地扬长而去。从背后，可以看见他飘扬起来的胡须。

和仲听完，恍然大悟："原来那个道士是骗人的，专门挑心里有贪念的人。爷爷，你真厉害，连这样的道士骗子都能识破。"

"哈哈，对了，只要心中不贪，就不会生出妄念，就不会贪图不义之财，自然不会上当受骗。你们一定要记住，天上不会掉下银子来！"苏序对两个孩子说。

"记住了！"和仲和同叔回答道。

"不过呢，这还不算什么，也没有啥子危险，爷爷还遇到过一件怪事，那就神乎了！不过，最后我带着人把那个鬼神给砸了！"苏序满脸豪气地说。

"爷爷、爷爷，你快给我们讲讲这个故事吧！"和仲央求道。

"爷爷，我也想听。"同叔附和道。

"好吧，爷爷再给你们摆摆这个龙门阵！"苏序再次拉开话匣子，"那是在前朝真宗皇帝时候的天禧年间。眉山凭空传出一个吓人的谣言，说是有一个什么瘟神茅将军要降临我们眉山，天下要大乱，瘟疫要流行，会死很多人。这个消息像长了翅膀一样，很快传遍眉州。眉山城里城外的百姓吓得不得了，天天忧心忡忡，生怕灾难降临到自己头上。"

"有没有人出来管这事呢爷爷？"小和仲问。

"官府发了告示，要百姓们无须惊慌，没有什么鬼神茅将军。可大家还是放不下心，依旧寝食难安，惶恐度日。"老爷子接着讲，"过了些日子，一件奇怪的事发生了。"说到这里，苏序故意停了下来。

"又发生了什么事啊，爷爷快讲！"正听到兴头上，和仲有些着急，紧催着爷爷。

"和仲莫急嘛,听爷爷慢慢讲。"苏序不慌不忙地继续摆龙门阵,"有人在城外建起一座小庙,用泥塑了一尊所谓茅将军像,穿着怪模怪样的衣服,不文不武的,面相凶神恶煞,漆黑的面孔,暴突的眼睛,满脸的胡须,像刺一样,嘴里还长着獠牙。他左手持刀,右手握剑,一副要杀人的样子。"

"那些人为啥子要塑这种吓人的像啊?"和仲听得有些害怕,却又好奇。

"当然有目的了。"爷爷答道,"紧接着,眉山城里城外又流传一条谣言:要想得平安,须求茅将军。听得这话,城里城外的老百姓都往那个茅将军庙涌去,排着队去祭祀茅将军。烧香的队伍弯弯拐拐、上坡下坎一直排了好几里路长。那个管庙子的人请了几个壮汉在那里把住庙门,不准自带香烛,只能买庙里的。管庙人不但高价出卖香蜡纸钱,还要求每个人最少必须捐100文钱,不然不准祭祀。人们为了祈求平安,免除灾难,只得忍气吞声,任其敲诈。"

"那管庙子的人不是要发大财了呀!"小和仲居然想到了这一层。

"对呀,和仲真聪明!"爷爷夸奖道,"我听说这件事,心里一下子明白了,是有人故意散布所谓茅将军要降瘟疫的谣言,然后塑一个泥像要人们去祈求免灾,再借机敲诈搞钱。看来这管庙子的人就是想钱想疯了的人！"

"这管庙子的人就是坏人！那咋办啊？"和仲也跟着气愤了。

"我把这事同乡亲们讲了，揭穿了管庙人诈钱的阴谋诡计。然后我带上二三十个精壮的小伙儿，拿着锄头、斧头、扁担、铁锹，风风火火冲到小庙跟前。把烧香的乡亲们劝出来之后，我一声吆喝，大家一齐动手，挥起锄头、斧头、铁锹，把个茅将军像砸个稀里哗啦，成了一堆烂泥。接着，我又同大家一起，把个小庙拆得精光，把管庙人敲诈来的钱，都还给百姓。那个管庙人最后也被官府给抓起来了，他供认自己就是造谣、传谣的人！"

"太好了！爷爷好厉害！"和仲和同叔都欢呼起来。

"砸了茅将军庙以后啥事也没发生，既没有灾难，也没有瘟疫，眉山城里城外的百姓终于又安居乐业了！"苏序讲完故事，脸上呈现出豪放、威武、刚毅的神色。

爷爷的豪气、胆识显然感染了和仲和同叔。他们虽然年龄尚小，可这故事深深地留在了他们的脑海里，在他们内心深处发酵。苏轼后来长风破浪般的豪放精神，利峰刺天一样的雄浑气质，也许就源于爷爷的英雄基因。

爷爷还给他们讲了二伯伯苏涣的故事。

苏涣中进士时，官府派人送来金花喜帖，苏序没有大操大办，悄无声息、稀里糊涂地就接下了。后来苏涣当了官,要衣锦还乡回家省亲。苏涣出发前先写了信给家里,说是沿古蜀道而回。那个时候,信比人走得快。老爷子接到信,心里那个激动没法形容,兴奋得三天三夜都没睡好觉。他骄傲啊,自豪啊,有面子啊!从唐朝苏氏远祖苏味道以来好多代没出个进士,好多代人没当过官了,苏涣真是光宗耀祖了!这分明是表明苏家要中兴了嘛!苏序这么一激动,就想大动干戈。他发动族人,要去蜀道上迎接苏涣。于是,一共去了二三十人。大伙儿带着盘缠,一路唱着歌谣,浩浩荡荡地向前迎去。他们也不知苏涣走到哪里了,反正哪里接着算哪里。没承想,这一迎啊,就迎了十几天。他们夜宿晓行,跋山涉水,足足走了上千里,一直走到剑门关,才把苏涣给接着。这支庞大的欢迎队伍可让苏涣大吃一惊,他没有想到老爷子会如此兴师动众。他心里那个感动啊,如同翻江倒海。回来的路上更是兴高采烈,一群人硬是簇拥着苏涣在眉山城里游遍了九街十八巷才回到苏家。这苏涣中进士后做了官的消息,弄得满城家喻户晓。

"他值得我们这样去迎接。你二伯伯后来在各地为官,无论在哪里都为百姓谋福利,走一路便留下清官、好官的名声,老百姓都喜欢这样的官!"老爷子对和仲和同叔兄弟俩说,而且说自己是亲眼所见、亲耳所闻。于是,苏序又给兄弟俩讲了苏涣后来为官的故事。

苏涣无疑是一个循规蹈矩、一心为民的官员，他在哪里任职，就总想着造福一方的百姓。他在阆州任通判时，其重要职责就是监察一州的官员，规范他们的行政行为。去了不久，苏涣便发现当时的衙前法很不适应现实需要。所谓衙前，就是州县任命的一种官吏，负责赋税征收的管理，还负责经营酒坊。别看衙前官儿不大，级别不高，但实权却相当重。他手里掌握着百姓的赋税，甚至关系民众的生计。他管理着一批差役，并通过这些虎狼般的差役来催税、收税。由于衙前法的不健全，衙前权力过大，伙同差役们横行霸道，乱收乱征，欺压百姓，造成民间纠纷不断，许多百姓到州县衙门喊冤告状。苏涣了解到这种情况，便首先主持修改了衙前法的相关条款，然后对衙前加强了监督管理，让收税更加规范、透明、合理。这样一来，衙前搞暗箱操作的空间小了，民间纠纷一下就大大减少，百姓告衙前和差役的官司也少了。阆州人民仿佛拨开乌云见青天，苦尽甘来有余甜。于是阆州百姓纷纷称赞这衙前法改得好，记住了苏涣这位关心人民疾苦、为民谋利的好官。

　　苏序曾经去阆州住了几个月，他就是去考察儿子如何当官的。他目睹了苏涣的行政举措，也听到了百姓对苏涣的赞扬，心里非常得意。他认为儿子是一个好官，是百姓爱戴的循吏。于是，回到眉山后，到处讲儿子在阆州的爱民举措，让苏涣在家乡颇有美名。

听了这段故事，小和仲大为感慨："二伯伯真了不起！我今后要是当了官，也要像二伯伯一样，为老百姓造福，为咱们苏家争光！让爷爷高兴！"

苏序听了这话，不由大喜："相信你们兄弟俩今后都会有出息，一定会超过你们二伯伯！来来来，爷爷又发冰糖了！"

苏老爷子可以说是金口玉言。他这个预言真是神了，日后这两兄弟无论是为官的级别，还是文学和其他学问上的名气，都远远超过他们的二伯伯苏涣。他们后来也曾在多地为官，都留下了许多政绩。

苏序与八娘、和仲、同叔可以说是爷孙情深。然而，再深的情感也有离别的那一天。庆历七年（1047）冬天，75岁的苏序仙逝了，离开了他亲爱的儿孙们。

最亲爱的爷爷走了，11岁的八娘、10岁的和仲、8岁的同叔虽然小，但依然十分受震动。他们第一次感觉到了生离死别是什么滋味。他们的眼泪，他们的哭声，他们的怀念告诉他们自己，那个最疼他们的英雄一般的爷爷再也回不来了。他们心中，开始有了对生命的敬畏。

不过，爷爷去世，却迎来了与二伯伯一家人的团聚。按朝廷规定，苏涣必须为父亲守孝三载。苏涣带着夫人杨氏和三个儿子不欺、不疑、不危一起回到了眉山。两家人共有6个孩子，这下苏家热闹了。不过，苏涣的三个儿子比和仲兄弟要大好几岁，又是客人，自然对他们照顾有加。

和仲兄弟从爷爷口中听到过不少关于二伯伯苏涣的故事，心头一直景仰得紧，只是从来没有见过面。这下心中的偶像回来了，兄弟二人开心得不行。

苏涣生于真宗咸平三年（1000），这时已经47岁。他表字公群，晚年改字文父。他长得颇似父亲苏序，高大挺拔。此时虽然有些发福，却更有为官的威严。不过，他在家里对孩子们却是格外亲切，尤其对和仲兄弟俩分外喜欢。

一天，和仲兄弟俩见二伯伯在书房里读书，便一同去看二伯伯读的什么书。他们也想听二伯伯讲故事。

听到孩子的脚步声，苏涣停下了阅读，把书放在书案之上。和仲和同叔礼貌地向二伯伯行礼问好。苏涣连忙和蔼地说："和仲、同叔不必多礼，快到二伯伯身边来。"

兄弟俩走到二伯伯身边，和仲恭敬地问："请问二伯伯在读什么书呀？"

苏涣把书封面翻过来让兄弟俩看："你们可认得书名？"

和仲连忙说："认得认得，是《三国志》，我看爹爹读过。"

"和仲果然聪明,对,就是《三国志》。"苏涣高兴地问:"你可读过?"

"现在还有许多字认不得,所以没有读过。"和仲老老实实地回答。

"嗯,和仲真是实诚。读书就要这样,会就是会,不会就是不会,才能学无止境,有所成就。"苏涣赞扬道。

"听爷爷说,二伯伯年轻时读书可厉害了,所以现在能当大官!"和仲崇拜地说,语气里充满了景仰。

"哦,你们都听说些什么?"苏涣颇感意外,没想到父亲竟然拿自己作为榜样教育侄子们。

"爷爷说二伯伯读书从来不要人督促、操心,说你聪明!"同叔抢着说。

"哈哈哈哈,同叔也会夸奖人!还说些什么?"苏涣满脸笑容,掩饰不住开心。

"爷爷跟我们说,二伯伯年轻时读书专心,记性特别好,凡是读过的书都不会忘记。而且还特别勤奋,不但读书,并且抄书,把整个《史记》和《汉书》都工工整整地用小楷抄了一遍。"和仲毕竟要大两岁,说话既有观点,也有事实。

"哦,连这些事儿爷爷都跟你们讲了?"苏涣接着深有体会地说,"我认为抄书的确是个好办法,看起来似乎很笨,但从效果上讲确实非常好。抄写过一遍甚至几遍的东西,一定记得牢,理解得透彻。而且还练习了书法,培养了静得下来的性格。看看,有这么多好处,我们为什么不抄书呢!读书呢,首先就是要静得下来,你坐都坐不住,还能读得进去书吗?就像诸葛亮在《诫子书》中说的那样,'夫学须静也,才须学也,非学无以广才,非志无以成学'。"

"二伯伯教导得是,侄儿记住了!"和仲听爷爷讲二伯伯抄书的事感觉到的是他读书的刻苦;直接听二伯伯谈自己的切身体会获得的则是一种成功的经验与路径,这对和仲是一种特别的激励。后来和仲把《汉书》抄了三遍,以至能点到哪里背到哪里,学的就是二伯伯。

在苏涣为父亲守孝的日子里,苏涣常常可以同和仲兄弟俩在一起,无论在学业上还是做人上,都深深地影响着小兄弟俩的成长。苏涣后来官至利州路提点刑狱,相当于现代的省检察院检察长。他去世于1062年,留下的著作有《南麾退翁》《苏氏怀章记》等。他的长子、次子后来都是进士,长子不欺曾任太子中舍,监成都粮料;次子不疑曾任承议郎,通判嘉州。唯三子不危终生不仕。

第十章 立 志

苏家后花园里的桃李花开了谢,谢了开,年年芬芳,年年硕果。和仲和同叔也一天天长大,分别用上了大名苏轼和苏辙。他们一同去乡学读书,早出晚归。他们学的是六经,即《诗经》《书经》《礼记》《易经》《乐经》《春秋》,这些都是经孔子整理过的先秦古籍。这些古文对现代人而言,无疑既陌生又高深。但对当时的孩子来讲,却是他们开始上学时的启蒙读物。当然,他们也未必全部懂得其中的含义,但必须读得滚瓜烂熟,背得顺畅如流。

孩子上学了,家长自然要轻松一些。那时的孩子是幸福的,也没什么家庭作业。家长自然也不用"陪太子攻书",不用检查作业,更不用签名认账。为什么现在有人想回到古时呢,想过当时的"慢生活"是一个方面,而读书相对轻松则可能是另一个方面。

苏轼和苏辙进了乡学，程夫人似乎完成了家庭对他们的启蒙教育，身心都应该像飞扬的羽毛一样轻松了。但程夫人依然不肯放松心里一直绷着的那根弦。她执着地认为，孩子需要父母的正确引导才容易成才。

怎么引导孩子呢？程夫人读过许多史书，她往往从古人成才的经验来总结规律性的东西。她认为一个人能否成才，跟他立下的志向有很大关系。一个人如果从小就有远大志向，并且坚定地向着自己确定的方向孜孜以求，那他一定会有出息，即使成不了大才，至少也可以成个中才或小才。倘若一个人从来就胸无大志，成天不知干什么，浑浑噩噩，不求上进，那他一辈子也不可能有什么造化，更不要说成才。

而且，程夫人认为，孩子立志要早，立志要高，立志要坚，立志要明。这样，他的一生才能真正有所成就。

实际上，程夫人也从苏家苏涣、苏洵兄弟俩身上看到了立志早晚的效果。倘若苏洵早一些明白自己为什么而读书，至少不会走那么多弯路，至少不会浪费那么多金贵的光阴，至少不会有那么多纠结与苦闷。

夏天的一个晚上，程夫人和孩子们在天井里乘凉。月光皎洁，望着满天星斗，孩子们十分兴奋。程夫人对孩子们说，娘今晚想听你们说说，长大了都想干什么。

八娘最大,自然先说:"我长大了要像娘一样,会读书、写字,还会做生意,为家里赚钱。然后好好孝敬娘和爹爹。当然,还可以给弟弟们买他们喜欢的东西。"

"嗯,很好,作为女孩子,八娘的志向已经很不简单了。自己有修养,还要养家敬老,甚至还想到两位弟弟,是个好姐姐!"程夫人夸奖道。

"我长大了要像爹爹一样挎着宝剑周游天下;像二伯伯一样上京考试一举成名天下闻,要中进士。然后让皇上封我一个大官儿,为天下老百姓做事,让他们过得富裕,过得平安,过得高兴。我还要为国家做大事,让国家富强,让国家兴旺,让大宋万国来朝。嗯,我还要像姐姐一样孝敬爹娘,让咱们苏家越来越发达,在眉山,在大宋都有名,让后人也把我们写进史书,这样就不枉过一生了!"小苏轼一口气说出了自己的志向。

"轼儿真不简单,志向远大!想到了为百姓、为国家做大事,还想到了家庭发达。以家国的兴旺发达为己任,以百姓的生活幸福为目标,这种胸怀天下、情系黎民的情怀实在难得!这就是《大学》里说的修身、齐家、治国、平天下的大志向!只要你做到了这些,就一定能够青史留名!"程夫人欣喜地赞扬道。

"我要跟哥哥一样,为家为国为百姓造福!"苏辙言简意赅。

"好孩子,你们的志向都很好,娘可帮你们记住了啊!难得你们这样小就有如此见识。不过你们要明白,说过的话就要努力去实践,立下的志向就要全力去实现。这就是《论语》里说的'言必信,行必果'!你们记住了吗?"程夫人给孩子们上紧发条。

"娘,我们记住了!"三个孩子一齐响亮地回答。

孩子们是单纯的,他们在童年时立下的志向往往会影响他们的一生。这也就是立志要早的要旨。程夫人是过来人,当然明白这些。孩子们有了高远的、明确的志向,就要帮他们立得牢,走得正。

一天,程夫人拿了一张五贯的交子给苏轼兄弟看:"你们知道这是什么吗?"

苏轼马上回答:"这是钱,是交子啊!"

"对,是纸印的钱,交子,我也认得!"苏辙也跟着回答。

"对,这交子又叫楮币,因为印交子的纸主要是用楮树皮造出来的。可你们知道这个纸币交子是谁发明的吗?"程夫人问。

苏轼抠抠脑袋:"娘,这个孩儿还真不知道,只知道交子可以买东西,轻便得很!"

"那你们想不想听交子发明人卓钺的故事啊?"程夫人问道。

"想听，想听！"苏轼兄弟俩争着回答。

"好，娘就给你们讲讲。太祖皇帝灭了后蜀之后，把咱们蜀中的金银、铜钱搜刮一空，只准蜀中百姓用铁钱。这铁钱既重又贱啊！成都有个富商，名叫卓钺。他在做生意中发现，可以把存钱的收据交子用来代替铁钱使用，于是后来又通过改进，发明了这个纸币交子。"程夫人说道。

"这个卓钺真聪明！"苏轼赞叹道，"纸币真是好东西，揣上一把可以买好多东西。要是铁钱，那我们就拿不动了！"

"是啊，卓钺真是聪明极了。他担心别人偷印他的交子，还发明了防伪的标记。"程夫人拿着交子对着光亮照着，"你们来看，这左下角是不是有个篆书的'益'字？这叫水印，是在手工抄纸的时候就做上去的，这纸就是印交子的专用纸。表示这交子是咱益州官府'益州交子务'发行的。"

苏轼和苏辙都对着光亮仔细看了看，果然看到左下角有一个"益"字。而不对着光亮，平常很难看出来。

"亏他想得出来，卓钺真是太神了！"苏轼由衷地赞叹道。

"还有右下角这个凸凹不平的压痕，也是防伪的标记，这也是卓钺发明的。你们再看交子上'伍贯'两个大字是朱红色的，而其他字和图案都是黑色的。这朱墨相间的印刷方法还是卓钺发明的。"程夫人继续说。

"这一些地方是红色，一些地方是黑色，是怎么印出来的呢？"苏轼问娘道。

见苏轼如此爱动脑筋，程夫人非常高兴："这个啊，是分两次印出来的。比如第一次印黑色，在雕版上印黑色这一部分都涂上黑墨，把印红色那一块空着。印出来就只有黑色。然后在印红色那一块涂上朱墨，把印黑色那一块空着，再印第二次，这样就把红色套印上去了！"

"哎呀，这真是绝了！看来卓钺是个大发明家了！"苏轼心里对卓钺顿时升起十二万分的崇拜。

"可是这个发明交子的卓钺却遭受奸人陷害，两次坐牢，最后还被流放岭南，客死他乡！"说到这里，程夫人眼里有了泪水。

"真是太可惜了。卓钺发明了交子，方便了天下百姓和商贸，自己却反而遭了殃，这也太不公平了嘛！"苏轼愤愤不平地说。

"是啊。后来到了天圣初年，由垂帘听政的蜀中老乡刘太后批准，交子改由官府发行，才有了你们现在看到的这种交子。"程夫人讲完故事。

听完故事，苏轼低头沉默了。好一会儿才抬起头，眼睛里闪烁着泪光："娘，我也要做卓钺这样的人，只要做的事对天下、对百姓有好处，哪怕坐牢、流放、客死他乡！你愿意孩儿做这样的事、做这样的人吗？"

"只要儿子愿意做卓钺这样的人，娘当然为儿子感到骄傲，为能做这样的娘而自豪！"说完，程夫人把两个孩子紧紧搂在怀里。

程夫人非常善于用励志故事来教育孩子，潜移默化中让孩子们明白做人做事的大道理。

这天，程夫人又和三个孩子在一起，她准备给他们在励志上再加一把火。她首先问孩子们："你们可知道前朝真宗皇帝写的《劝学诗》？"

"我知道！刚上乡学时老师就用《劝学诗》给我们启蒙，就是要我们好好读书，这样才有前途。我背给娘听。"苏轼一口气把《劝学诗》背了出来，无一字差错。

"轼儿真能干，背得一字不差！"程夫人夸奖道，"这就是说，通过读书考取功名，可以改变一个人的命运。如果一个人立志要为国家、百姓做大事、做好事，还是必须走科举考试的道路，因为朝廷选拔官员，就是通过科举来进行的。你们明白吗？"

"娘，我明白！"苏轼又抢着说。

"娘，我也晓得！"苏辙也紧跟着说。

"其实读书不但可以改变男人的命运，而且可以改变女人的命运。还记得上次我给你们讲的批准益州发行交子的刘太后吗？她就是通过读书改变命运，最终成为真宗的皇后。后来又垂帘听政辅佐当今皇上11年。她可是一个了不起的皇后、皇太后啊,咱们当今圣上如此英明、睿智、宽厚、仁慈,都是刘太后教育的结果。"程夫人由衷地赞叹道。

"那娘就给我们讲讲刘太后的故事吧!"八娘拉拉程夫人的衣角,央求道。

"娘,你就讲讲吧,我们也想听!"苏轼也跟着请求道。

"好,我就给你们讲讲刘太后的故事。"程夫人开始娓娓道来,"刘太后是咱们的老乡,她是成都府华阳县人。她呀,是个苦命人。父亲在她未出世时就病故了,母亲在生下她以后也死了。她是在外婆家长大的。14岁时,她跟一个叫龚美的银匠流落到了京城开封。"

"娘,这个女子不就是个孤女吗,她怎么后来会成为皇后啊?"八娘觉得简直不可能。

"是啊,这就是一个人的命运神奇的地方,你们听我慢慢讲。"程夫人接着摆龙门阵,"这刘氏小名月儿,我们就叫她月儿吧!这月儿长得花容月貌,如清水芙蓉一样天生丽质。她幼时跟人学过软功,浑身柔若无骨,而且会玩一种拨浪鼓,简直玩得出神入化。于是,到京城开封后,她常在著名的大相国寺外卖艺。龚美则在旁边摆摊招揽打造银器的活儿。后来由于机缘巧合,她与也才15岁的年轻的韩王赵元侃相识相恋。这赵元侃就是后来的真宗皇帝赵恒。"

"是这样啊，可这跟读书改变命运有什么关系呢？"苏轼想的是这个故事的主题。

"轼儿莫急，听娘接着讲。"程夫人继续这个神奇的故事，"赵元侃把月儿接到了韩王府，月儿成了他心爱的第一个女人。二人如胶似漆，却急坏了小韩王的乳母秦国夫人。后来秦国夫人进宫在太宗皇帝面前说了此事。太宗大怒，要元侃立即把月儿赶出韩王府。元侃无奈，只好来个明修栈道，暗度陈仓。他白天把月儿赶走，晚上却把月儿悄悄接到他的铁哥们儿跟班张耆的家里，从此幽居起来。这一幽居，就是12年。"

"天哪，真是不可思议，这么长的时间怎么过呀！"苏辙也抓住机会发了一个感叹。

"当然，元侃会偷偷地经常去张家看月儿。而月儿从此就在张家潜心读书。她认识到，只有自己有知识，有见识，有本事，才能帮助元侃。她以前就识字，在韩王府跟元侃一起又上过课，加上张耆父亲的辅导，本身就博闻强记的月儿学业大进。多年过去，她把经史子集读得滚瓜烂熟。尤其是历朝史实，几乎无论说到哪里，她都可以引经据典说出道理来。至于太宗皇帝最喜欢的《太平御览》，她差不多可以倒背如流。元侃的好多主意，都是月儿暗中帮他出的。进宫以后，真宗皇帝不宠皇后宠月儿，就是离不开她。几乎所有奏折，都要由月儿预先看一遍，并且提出自己的处理建议、意见。真宗往往欣然采纳。"

"这个月儿真厉害，原来是在背后给真宗皇帝出主意的人啊！"苏轼感叹道。

"是啊，所以后来真宗皇帝无论如何都要把月儿立为皇后。在真宗病重去世前，朝中差不多是由刘皇后做主了。你们说，如果月儿不是因为读书，她能帮助真宗皇帝出主意吗？她能够成为皇后吗？她能成为皇太后垂帘听政治理大宋吗？所以说，还是读书改变了她的命运。你们说是不是呀？"程夫人说。

"是！"三个孩子异口同声地回答。

"刘太后是个了不起的人物，在她垂帘听政的11年多里，大宋百姓安居乐业，国家兴旺发达。她自己却非常节俭，退朝以后在皇宫喜欢穿旧衣服，也不戴什么首饰，吃得也很简单。她晚上批阅奏折饿了，只是用些点心垫一下。她不愿意御膳房天天晚上为她准备夜宵。这一点也影响了亲政后的皇帝。他晚上批阅奏折饿了，想吃烤羊肉，却忍住没说，第二天才告诉内侍。内侍说，皇上您只要说一句话，御膳房留人做就是呀！皇上说：'我如果说了想吃烤羊肉，御膳房每天就得杀一只羊准备着。这样一年要杀多少羊，有多少人为了这点烤羊肉要忙活啊！何况我也不会天天吃。所以我宁肯忍着,也不愿意浪费东西,劳烦那么多人。'看看,刘太后的美德在皇上这里得到了发扬光大,她真是我们蜀人的骄傲!"

"刘太后和当今圣上都那么节俭,孩儿也决不浪费,今后长大了也要为蜀人争光!"苏轼充满豪情地说。

"好孩子,这正是娘讲这些故事的目的。你们能这样想娘真是太开心了!"程夫人笑着说。

程夫人是这样教育孩子的,在实际生活中也是这样做的。苏家富裕起来了,可程夫人不愿儿女们沾染富家子弟的奢侈浪费习气,总是让他们保持勤俭节约的好习惯。苏轼兄弟俩在乡学读书,每天早出晚归,中午在乡学里吃。一些有钱人家就让孩子中午上街吃馆子,而程夫人则让苏轼兄弟早上带着白饭去学校,中午在学校把饭热一热,下饭的菜就是家里自己做的泡菜。有时带的是水煮的蔬菜,加上一点盐。这样简单、清淡,孩子们并不觉得清苦,而是习惯成了自然。

第十一章 巧　教

苏轼、苏辙兄弟上乡校以后，不但有了大名，还有了表字：苏轼字子瞻；苏辙字子由。两个孩子在母亲讲的故事中慢慢成长。如果说二伯伯、卓铖、刘皇后的故事是立志、励志的基石，这种明理式教育解决了孩子们为什么学、为谁学的问题，那么，接下来就应该解决他们提高学习效率、持续性动力的问题。程夫人和苏洵虽然都不是教育专家，但他们对于巧教的实践，可以说在当时已经达到了登峰造极的地步。

程夫人肯定没有学过儿童心理学，但她明白，儿童有一种逆反心理。于是她对苏轼和苏辙说，你们晚上读书切莫读太久。那时照明一般用油灯，用蜡烛都比较少。于是程夫人规定每天晚上只能读半个时辰的书，限定了油灯用油。而苏轼和苏辙却屡屡偷偷违背这条"禁令"。他们往往央求乳娘悄悄地给灯添油。其实程夫人与乳娘早就沟通好了,开头不答应,须得孩子们软磨硬泡才勉强答应。程夫人也假作不知。这样,苏轼和苏辙每天晚上可以多读一个时辰的书。一天多一个时辰,也就是两个小时,长此以往累积起来就非常惊人了。一个月就要多读好多卷书。这种"饥饿式教育"反而让苏轼兄弟俩乐此不疲地想方设法多读书,每天都得以"饱餐"好书。

为了让孩子们保持读书的积极性,苏洵和程夫人可以说是办法用尽。一次,苏轼兄弟俩发现,父亲似乎偷偷在读一本书。因为他在书房读书的时候总是很谨慎,一旦他听见苏轼兄弟俩的脚步声,便把书掩起来,不让他们看到书名。这种神神秘秘的样子让兄弟俩十分奇怪。

苏轼对苏辙说:"同叔啊,我觉得,父亲一定在偷看什么好书,而且不愿意让我们看到。"

"嗯,就是,而且他肯定不想让我们读!"苏辙也很有同感。

怎样才知道父亲在读什么书,并且把书拿出来读呢?小兄弟俩抠破头皮,终于想出了一个办法。

那天,兄弟俩估摸父亲读书差不多要结束了,便一边一个躲在书房门口,时不时悄悄地瞅瞅,看父亲读完书最后把书放在哪里。终于,苏洵读完了,似乎小心翼翼地把书合上，背对门口往书橱里放书。两颗小脑袋从门口露出来，伸长脖子看父亲把书放在了最里面书橱最上面一格的最右边。兄弟俩暗喜，悄悄地跑走了。他们估计父亲离开书房以后，又悄悄地溜进去，找父亲放的书。怕父亲来看到，苏轼让苏辙在门口放哨，自己进书房去找。书橱最上面一格有点高，苏轼搬来椅子放在书橱前，爬上去，激动地找到最右边的书：哇，原来是《华阳国志》！这是中国最早的地方志，是东晋常璩写的，分巴志、汉中志、蜀志、南中志，涉及公元4世纪前今四川、重庆、云南、贵州，以及甘肃、陕西、湖北部分的历史、地理。人物从古蜀国最早的蜀王蚕丛，一直写到西晋时蜀中的成汉王朝李特、李雄等。这书共有好多册，都在一块儿放着。苏轼略翻了首卷上的目录，觉得这些历史、地理和人物非常有意思，尤其是历代蜀王的故事，对他来说更是如磁石吸铁一般。苏轼大喜过望，先取了第一册下来，轻轻地把椅子复归原位。苏轼把书藏在怀里，苏辙在门口接着："拿到了没？"

"拿到了，果然是好书，《华阳国志》！快走，回房给你看！"

兄弟俩一溜小跑回到房间，苏轼慢慢地从怀里把书顺出来，递给苏辙："小心点，莫把书弄皱了！"

"知道，哥！"苏辙也是一脸兴奋地翻着书，仿佛找到了宝藏般高兴。

于是兄弟俩商定，这书一人读一晚，早上还回去，下午再偷偷拿出来。因为他们怕父亲知道了挨骂。

其实，兄弟俩当时并不知道，这是父亲激发他们读书好奇心的计谋，这也叫欲擒故纵法。正是在这种好奇心的驱使下，兄弟俩"偷"读了父亲好多书，增长了许多历史、地理、文学知识。

如果说这种方法是利用儿童心理暗中鼓励孩子们读书，那么公开明确地支持孩子抄书，就是一种激励了。

苏轼在读《汉书》时，觉得有些史实不好记。他想起了二伯伯抄书的故事。他决心也把《汉书》给抄下来，通过抄书背诵那些故事。可抄一部书需要花费很多纸墨，他得跟母亲禀告。他心里有些忐忑，不知母亲会否同意，因为母亲一直要求节俭。

这天晚饭后，苏轼有些忸怩地对母亲说道："娘，我想把《汉书》抄下来，可需要费很多纸墨，不知娘同意孩儿这样做不？"

"这很好啊，抄书既能背书，又能练字，花点纸墨是应该的，娘有什么不同意的？不过轼儿可得认真抄哦，抄完了娘帮你装订起来，做成一个像模像样的手抄本！"程夫人高兴地说。

苏轼见母亲如此支持，心中大悦。从此，苏轼除了上乡校、阅读，便是抄书了。他照着书上的颜体字一笔不苟地认真书写，天天不辍。这《汉书》共100篇，七十多万字，苏轼一天抄书3000字，抄完《汉书》足足花了差不多九个月时间。按一页600字计算，共抄了1200多页！后来母亲替他装订起来，做了封皮，题上书名，这套手抄《汉书》共有15册之多。

苏轼抄完《汉书》后，只觉得书中那些人物、史实，就像在脑子里生了根似的。此外，他的小楷也是突飞猛进，无论是结构还是笔力，工整还是速度，都大大进步。看着母亲为他装订的手抄本《汉书》，苏轼觉得非常有成就感，深深体会到抄书的乐趣和收获。这种看似很笨的办法，其实不失为聪明之举。

在教育孩子上，苏洵堪称程夫人的最佳搭档。他本来擅长写议论雄辩之文，对史实、人物好发表评论，而且结合现实，提出自己的见解、建议。于是他特别重视教苏轼兄弟俩作文，就某一史实或某一人物进行评说。这种文章作多了，便可以举一反三，对任何事物进行评论，思想就会特别敏锐，思路也会特别清晰，分析便能入木三分。对孩子们写得好的文章，苏洵不仅用红笔把好的地方圈出来，还让他们用好纸抄出来，精心裱过，挂在房间里以示表彰奖励。苏轼便有《夏侯太初论》《却鼠刀铭》等诗文荣获此等奖赏，苏辙也有文章"上榜"。看到自己写的诗文可以"上墙",兄弟俩心里别说有多自豪了,他们作文、写诗的劲头更大了。

程夫人和苏洵夫妇显然并不懂得什么"赏识教育",但他们知道孩子需要正面鼓励,这样他们的学习积极性才会越来越高,研究学问的兴趣才能越来越浓。这种做法暗合了现代的"赏识教育法"。

不仅如此,苏洵还注意朝中流行的作文作诗风格,并及时敞开胸怀吸收、学习。不像那些保守的文人,只知道抱残守缺,一成不变,食古不化,文风老掉牙,还在自我欣赏。当时朝中欧阳修倡导文风改革,以先秦两汉优秀文章和唐代韩愈的散文为宗,为文通达平易,清新自然,直抒胸臆,反对古奥别扭的"太学体"。欧阳修清新的文章天下传抄,风靡文坛。这个新文学运动也影响到了益州。苏洵欣喜不已,对欧阳修如匕如枪的《朋党论》,优美隽永的《醉翁亭记》《丰乐亭记》等,不但自己学习效仿,也教苏轼兄弟学习模仿,并反复练习。后来苏轼兄弟上京参加部试时文章得到欧阳修的赏识,与他们学习欧阳修的文风有相当大的关系。成名后的苏轼还手书了《醉翁亭记》《丰乐亭记》,刻石成碑,留传至今。所以后世有人认为,苏洵是宋代"高考押题第一人"。不管这种评价是否确切,但在写作诗文上敢于创新,敢于追逐新的潮流,而且敢于让儿子实践,是苏洵了不起的认识和决断。

为了使苏轼兄弟俩知识融会贯通，程夫人和苏洵有意识地让孩子们全面学习。苏轼兄弟在乡校主要学习了儒家学说；后来在州学又学到了道家学说；游学时的一个老师又是得道高僧，自然又研习了佛学。至于诸子百家，兄弟俩更是学而不厌。另外，吟诗填词、书法作画也是他们的必修课。于是，到兄弟俩成年时，他们已然成了小"杂家"。父子三人的这种知识结构，使得他们不但文学出众，而且学术理论扎实，为他们日后形成各种学派、学问综合而成的"西蜀学派"，奠定了牢固的基础。这种方法也可以称为全面式教育。

在孩子们全面学习的同时，苏洵没有忘记自己年轻时游历的经验。他一直认为，行万里路与读万卷书同样重要。不过，他同程夫人商量的结果，是选择一个风景优美的地方，让孩子们跟一个名师学习。这种学习是研习式的，提高式的，广博式的，开阔式的，讨论式的，把以前学到的知识运用于解决现实问题。

这天，苏洵跟夫人商量让孩子去哪里游学比较合适。程夫人说："我们老家青神程家嘴就出了一个名师呀，此人姓王名方，是个乡贡进士，可以说是满腹经纶。他曾在嘉州书院任教，眼下回到中岩书院任主讲。这个中岩书院就在中岩寺旁边，那里风景秀丽，空气清新，最适合读书。这王方的家与我们程家只隔着一座瑞草桥，可以说是资格的邻居呢！恰好中岩书院就在程家嘴对岸半山上，渡过岷江上去走不了多久。听说这王方跟朝中欧阳修和梅尧臣关系都很好，时常有书信来往。"

苏洵听了不由大喜："那太好了，孩子们在那里不仅可以游学，还可以常去外婆家看看。"

"是呀，我也这样想！"程夫人也高兴地说，"我以前听父亲说过，他跟王方很熟，我们派人给父亲送个信，请他老人家跟王方先生打个招呼就行了。"

"好，我这就去办妥。"苏洵便自去安排。

没几天，程老爷子派人送来回信，一切落实，只待苏轼兄弟俩前去就读。

这时苏轼已经17岁，苏辙15岁，正是青春年少，对未来充满憧憬幻想的年龄；也是情窦初开，春情勃发的年龄。二人听父母说要送他们去中岩书院游学，不由心花怒放。一种放飞的感觉，一种渴望的感觉，一种脱缰的感觉，一种自由生长的感觉油然而生。作为孩子，无论家庭有多么温暖、舒适、安逸，他终究要走出去，走向属于自己的未知的广阔天地。

要去中岩书院，自然要先去外婆家。程夫人为两个孩子亲自收拾好换洗衣裳；兄弟俩自己收拾好书箱和文房四宝。苏洵夫妇及兄弟俩一家四口，还有任采莲、杨金婵两个乳娘及书童曾林，浩浩荡荡的一行人租了一条船，顺岷江而下，直往程家嘴而去。此时又值金秋时节，一路上江风浩荡，十分宜人，江水如练，水波不兴。初始岷江在平原上缓缓流淌，轻歌曼舞；渐渐进入丘陵地带，两岸山丘逶迤，绵延起伏；进入青神境内，快到程家嘴时，只见江左岸山峰耸峙，层峦叠嶂，山寺红墙若隐若现。江右岸却是一片平坝，水田如镜，竹林环抱着一个又一个村落。此时已近黄昏，村落里升起一缕缕炊烟，远远便闻得到柴草燃烧的味道。这种味道给人带来温暖而刺激的感觉，让人仿佛能闻到饭菜的香味，让人的肚子情不自禁地发出咕咕的声音。

船过思蒙河口，程家嘴进入众人眼帘。站在船头的苏轼和苏辙欢呼起来："外婆家到了！外婆家到了！"

不一会儿，船靠在了程家嘴码头，早有程家管家带领两个壮实的仆人前来迎接，拿上苏轼兄弟的行李、苏家给外婆家准备的礼物等在前面引路。一行人走了大约一里多路，走过瑞草桥，拐弯就到了程家。程老太太在几个侍女的陪伴下已经在大门口等着。

苏轼兄弟几年没见外婆了，立马上前围在外婆身边问好请安。程老太太见这两个外孙差不多长成大人了，心里欢喜得紧，眼泪花都开放出来了。苏洵夫妇也上前来给老人家行礼请安，然后一大拨人欢欢喜喜往屋里去。那程文应老爷子端坐在堂屋里，苏洵夫妇和苏轼兄弟又上前与老爷子行了大礼。

寒暄已毕，管家说晚饭已经备齐，请大家到饭厅用膳。一家人围坐在八仙桌旁，桌上丰盛的菜肴冒着腾腾热气，其中就有苏轼兄弟最喜欢的酸辣肘子，是外婆亲手做的拿手菜。这个菜要用整个的猪肘子，洗净码少许盐，放一些香料在肘子上，上笼以旺火蒸得炽糯。再用老姜去皮捣茸，加盐、香醋、香葱花调成一碗汁儿，淋在热腾腾的肘子上。吃的时候用筷子直接扒开，融合着汁水，酸辣鲜香糯，美味无比。而且口感肥而不腻，瘦而不柴。那个时候没有辣椒，这个辣是老姜的辣。苏轼两兄弟正是长身体的时候，在外婆家更是毫不客气，差不多把一个肘子吃了大半。两人在这秋天也吃得额头冒汗。一大家人看到苏轼兄弟俩这吃相，也是忍俊不禁。那程老太太心里更是乐开了花。

苏轼仔细地问了外婆肘子的做法，暗暗记在心里。后来中了进士，到了外地做官，在思念外婆、自己也馋了的时候，便会如法炮制，做一个酸辣肘子过过瘾。开封人喜欢吃羊肉，比较少吃猪肉，因此猪肉特别便宜。苏轼在京城做官时，除了自己常吃，也常用酸辣肘子来招待客人。这个菜成本低，块头大，显得十分隆重，而且味道独特。结果苏家这个酸辣肘子大受欢迎，声名远播。后来人们干脆称之为东坡肘子。直到现代，东坡肘子仍然是眉山甚至四川的一道名菜。

在外婆家玩了两天，苏洵夫妇又送苏轼兄弟俩前往中岩书院，拜见了山长兼主讲王方，将兄弟二人托付给他。王方见苏轼兄弟聪明伶俐，博学多才，自然非常欢喜。得天下英才而教之，自古以来便是老师们的共同心愿，王方作为一方大儒，更是如此。

苏洵夫妇和两个乳娘自回眉山。书童曾林留下来照顾苏轼兄弟的起居。中岩书院的学生大都是预备部试的生员，个个胸怀锦绣，才华横溢。苏轼兄弟在此虚心学习，收获颇丰。王方更多是讲当朝杰出人物的诗文，让他们窥得山外之山、天外之天，更重要的是能跟上当今潮流。晏殊、范仲淹、欧阳修、苏子美、梅尧臣等当代大家的诗文，让苏轼兄弟崇拜不已。尤其是王方讲范仲淹的《岳阳楼记》，从文章内容到幕后故事，着实深入、高妙，让人回味无穷。

王方是这样讲的《岳阳楼记》。

岳阳楼记

庆历四年春，滕子京谪守巴陵郡。越明年，政通人和，百废俱兴。乃重修岳阳楼，增其旧制，刻唐贤今人诗赋于其上。属予作文以记之。

予观夫巴陵胜状，在洞庭一湖。衔远山，吞长江，浩浩汤汤，横无际涯，朝晖夕阴，气象万千。此则岳阳楼之大观也，前人之述备矣。然则北通巫峡，南极潇湘，迁客骚人，多会于此，览物之情，得无异乎？

若夫淫雨霏霏，连月不开，阴风怒号，浊浪排空；日星隐曜，山岳潜形；商旅不行，樯倾楫摧；薄暮冥冥，虎啸猿啼。登斯楼也，则有去国怀乡，忧谗畏讥，满目萧然，感极而悲者矣。

至若春和景明，波澜不惊，上下天光，一碧万顷；沙鸥翔集，锦鳞游泳；岸芷汀兰，郁郁青青。而或长烟一空，皓月千里，浮光跃金，静影沉璧，渔歌互答，此乐何极！登斯楼也，则有心旷神怡，宠辱偕忘，把酒临风，其喜洋洋者矣。

嗟夫！予尝求古仁人之心，或异二者之为。何哉？不以物喜，不以己悲；居庙堂之高则忧其民，处江湖之远则忧其君。是进亦忧，退亦忧。然则何时而乐耶？其必曰："先天下之忧而忧，后天下之乐而乐"乎。噫！微斯人，吾谁与归？

时六年九月十五日。

王方说道："这《岳阳楼记》乃是范仲淹为好兄弟兼铁哥们儿滕子京写的'功劳簿'，甚至可以说是翻案文章。因为滕是被一贬再贬才到的岳州。"

这个观点一抛出，便让学生们瞪大了眼睛，还有的人轻轻吃惊地"啊"了出来。因为倘若不是老师点穿，他们根本不会从这个方面去思考。于是，他们都迫不及待地想听下去。

那么，滕子京在被贬谪到岳州任知州之前，到底蒙受了怎样的冤屈和打击呢？

王方讲道，在被贬岳州任职之前，滕子京已经由范仲淹举荐，担任范调任中央后留下的天章阁待制、环庆路都部署、经略安抚招讨使一职，还兼任庆州知州。这是个从四品的官职，位高权重，可以说是封疆大吏、一路诸侯了。

然而，在庆历三年（1043）九月，滕子京的上司，陕西四路都部署郑戬上表弹劾滕在担任泾州知州时侵吞、挪用公款，要求查实后严办。此时正是大宋在当今圣上亲自主导下，在范仲淹领衔下，"庆历新政"各项改革措施稳步推进之时。有人要求查办坚决拥护新政的滕子京，显然是"项庄舞剑，意在沛公"。

弹劾的事由缘起一年前的一场庆功宴。庆历二年（1042）九月，滕子京临危不惧，率领泾州城军民，浴血抗击西夏大军的进攻。幸而范仲淹的1.5万强大援军及时赶到，共同夹击城下西夏军，最终取得泾州保卫战的胜利。为了鼓舞士气，抚恤阵亡将士家属，滕子京决定挪用一部分军费,举行一场庆功宴和一场祭奠阵亡者的法会。庆功宴和法会都举办得很成功,作为长官的范仲淹和韩琦当时也参加了,泾州军民、上级领导都很满意。挪用的军费也不多,只有3000贯。而且后来滕子京在离任时,也用自己的钱补上了。

收到郑戬举报,对新政派甚为不满的御史中丞王拱辰立马派监察御史梁坚任特使,前往调查。很快便确定了滕子京三条罪名:第一条是未建大功却大搞庆功宴,并贱买百姓牛、驴;第二条是庆功宴赏赐不公,将士赏赐少,艺人赏赐多;第三条是经手的经费有数万贯下落不明,挪用16万贯军费放高利贷,贪污了全部利息。

这几条可以说基本上是子虚乌有。其中有一条贱买百姓牛、驴也是颠倒黑白。本来泾州百姓因为打败了西夏军保全了身家性命,卖牛、驴不愿意收钱,而滕子京执意要给,最后百姓是少收了一些,但绝不是低价强买。

范仲淹听到这个调查结论不由大惊。他作为滕子京当时的上司,了解滕举办庆功宴的整个过程,也了解滕的作为。于是,范向皇帝上书,为滕申诉,对三条所谓罪状一一驳斥,并以自己的官帽担保滕子京。

皇帝反复权衡得失之后,各打五十大板:免去滕子京环庆路都部署之职,将其调任凤翔代理知府;再派太常博士前往调查,务求查清真相。滕子京这次调动算是平调,也还基本公正。

被派去再次调查的太常博士叫燕度，此人与御史中丞王拱辰关系很铁，自然秉承王的意思，非要把滕的"案子"弄成如山铁案。而滕自己的一个愤怒之举，也把自己逼上了绝路。

第一次调查后被解除了军职，只担任文官，滕子京并无怨言，而且大大松了一口气。可这次听说太常博士又要来调查，简直就是没完没了，滕子京觉得自己真是天下第一冤！千思万想想不通，便一个人喝起了闷酒。有道是，酒入愁肠愁更愁，滕子京闷中生愁，愁里生怒，趁着醉意把所有账本付之一炬。

可滕子京这冲天一怒却烧出了天大麻烦，仅凭"销毁证据，欺君罔上"这一条就够他掉几次脑袋了。暴跳如雷的钦差燕度把滕子京立马拘押起来，让他老实交代低头认罪。比铁还硬的滕子京当然是徐庶进曹营——整死不开口。燕度又先后抓了包括狄青、种世衡这样的名将在内的众多官员来严加审问，试图从别处扒出铁证。但那些官员都不愿昧着良心对滕子京落井下石，燕度费尽心机竟一无所获。后来御史中丞王拱辰授意燕抓住滕烧毁账簿一事做文章。燕度果然向皇上汇报：滕做贼心虚，焚烧账簿，毁灭证据，抗拒调查，属于欺君，应该严惩。

范仲淹再次为滕子京辩护，最后甚至以辞职来要求对滕子京从宽处理。

皇帝又一次陷入两难，一边是整个监察系统，一边是新政领袖，手心手背都是肉啊！他到底该听谁的？

最后还是当时的枢密使杜衍一言定乾坤：从改革大局出发，为了维护新政，应该轻判滕子京。

最后的决定是，将滕子京调任虢州知州，保持原待遇不变。

可王拱辰仍然不依不饶，他一定要让新政派付出最沉重的代价！他坚决要求面见皇上，最后硬是把滕子京从四品的天章阁待制官帽闹掉，滕被赶到岳州任知州，成了从六品小官。

这一最终决定，说明反对新政一派已占据了上风。又过了几个月，范仲淹和欧阳修相继外放，宣告"庆历新政"彻底下课。滕子京只是新政派里率先落马的"烈士"而已。

不过，滕子京也算斗士一个。尽管贬谪岳州，落魄江湖，他依然直面惨淡的人生，还要奋力一搏，争取咸鱼翻身。他一到岳州，便宣布要做三件民生大事：兴建学校、重修岳阳楼、构筑偃虹堤，不到两年时间里，这三项惠民生、兴文化的工程都异常漂亮地干成了。于是，他请托范仲淹和欧阳修分别作文以记之。

那么，有人可能要问，为啥子大名鼎鼎、官职比滕高得多的范仲淹和欧阳修要接受滕子京的请托，为他专门写文章，宣扬他的政绩呢？

实际上，从私人关系讲，范与滕是铁哥们儿。他们是宋真宗大中祥符八年（1015）的同科进士，范长滕一岁，滕将范尊为兄长，两人感情好得来可以同锅吃饭、同床睡觉。从官场上讲，范是滕的老长官，范曾经几次举荐滕担任要职，在滕受到弹劾时，又冒险用自己的官帽为滕担保。他们还是生死战友。滕子京在任泾州知州时，西夏李元昊大军侵犯泾州，滕组织全城百姓坚守城池，顽强抗战。是当时的经略安抚招讨使范仲淹派遣一万五千兵马火速驰援，才两面夹击，打败西夏军，取得泾州保卫战的最后胜利。从政治大局讲，滕子京坚决支持范仲淹领衔的"庆历新政"改革。正是反对改革的保守派要打击改革，阻止改革，才弹劾滕子京，以达到挖改革派墙脚的目的。因此，为滕子京的政绩叫好、鼓掌，既是为滕子京翻案、昭雪，也是为改革派正名、呐喊。而且，范仲淹也是为自己的贬谪申诉：自己同古之仁人一样，同滕子京一样，忠君，忧国，爱民，以天下为己任，以奉献为快乐，虽身处江湖之远，但依然渴望为君为国为民做更多的贡献。

欧阳修虽然个人与滕子京没有太多私交，但作为"庆历新政"时同一战壕的生死战友，荣辱与共，当然必须拔刀相助，竭力鼓呼。而且滕子京作为范仲淹的兄弟，自然也是自己的兄弟。性格耿介不阿，做事一往无前的欧阳修，绝对会不遗余力地为滕子京杀开一条血路，登上胜利的高地。

所以，对于范仲淹和欧阳修而言，为滕子京在岳州的政绩写文章、唱赞歌是义不容辞。

《岳阳楼记》写于庆历六年（1046）九月。当时的范仲淹虽然已经被贬任邓州知州，但他作为"庆历新政"改革派的领袖，原参知政事（副宰相），政坛明星，官场"网红"，其政治影响依然巨大。他的文章也是天下共仰，独步一时，为众多官员和士子所崇拜和倾慕。连皇帝也钦佩不已。否则，皇帝也不会在庆历三年（1043）以范仲淹的十条上疏为改革蓝本，让范仲淹领衔"庆历新政"了。他的《岳阳楼记》一出来，滕子京派人广为传抄散发是绝对的。而且那时东京开封除了朝廷的官方邸报外，早就有民间小报了。像范仲淹这样的文章必定在邸报和民间小报上刊登，洛阳纸贵，传遍大宋。

欧阳修为滕子京作的文章题为《偃虹堤记》，此时欧阳修虽然已经贬任滁州知州，也就是他写《醉翁亭记》那个时候，但其名声与影响依然是国家级的。因此，他写的文章也必定传抄天下。

范、欧二人的大作想必皇上都读了，而且估计反复读了。两人在文章里对滕子京的评价真是太高了。你看，范仲淹说他有古仁者之风,被贬了官,到地方不但不消沉,不放浪,不怨天,不尤人,反而先天下之忧而忧,后天下之乐而乐,为官一任,造福一方,政绩显著,百废俱兴;而欧阳修说他志大才高,名闻当世,曾经在抗敌保国的危难之际,为大宋立下汗马功劳,而在蒙受冤屈、壮志未酬、贬任一州时,又把全部心思放在建设惠民工程上,终于一展宏图,建树巨大。你说,像滕子京这样不计较个人得失,不讲求名利地位的好干部、爱民官不提拔、不重用,岂能说得过去?岂不冷了整个大宋好官良吏的心?所以,在范、欧的文章传抄天下几个月后的庆历七年(1047),睿智的皇帝就把滕子京先调任徽州知州,再调到苏州任知州。仅仅两步,便跨进"天堂"大门,并荣任"天堂总管"。不过,可惜好人命不长,滕子京当年便病逝于苏州任上,年仅57岁。

　　王方最后总结道,看来我们得万分感谢滕子京。虽然他恭请范、欧二人写文章为自己扬名,颇有借名人抬高自己、炒作自个儿政绩之嫌。但如果不是他拜托范仲淹用那如椽之笔书写胸襟与风流,便不可能留下《岳阳楼记》这样的千古奇文,也不可能留下"先天下之忧而忧,后天下之乐而乐"的绝世名句。至于欧阳修那篇《偃虹堤记》,虽然当时有炒作政绩的功效,为滕子京翻身出了把力,但相对流传没那么广,无关乎他的名声与地位。

王方对《岳阳楼记》的解读可谓深刻至极，不但让学生们读懂了文章，领略了文采与思想，更是让他们了解到文章背后的政治斗争、朝廷派系、个人恩怨。范仲淹的忠君、忧国、爱民情怀更是让苏轼兄弟赞而叹之，他们从此把"先天下之忧而忧，后天下之乐而乐"的名句当作自己的座右铭。

在这里，苏轼结识了王方的女儿王弗，并且一见钟情。王弗比苏轼小一岁，长得秀丽端庄，身材婀娜。在父亲的教导下，自幼颇有文才，可以说是才貌双全。苏轼把这一想法告诉了父母，得到了双亲的首肯。后来，经双方家长确认，提亲，至和元年（1054）年底，苏轼把王弗娶进了苏家，王弗成了他第一任妻子。而苏辙则在稍晚一点把史家的表姐史云迎进了门。两对小夫妻基本上都是像现代人一样，两情相悦，然后再由家长提亲。因此，他们感情甚笃，恩爱十分，小日子过得甜甜蜜蜜。

现代人讲究先立业后成家，而古代人基本上是先成家后立业。因为当时的风气是早婚，婚事都是由家里操办，根本不用子女操心，年轻一代没有结婚的经济负担。苏轼大喜时18岁，而苏辙成亲时只有16岁。他们一边在家过着甜蜜的新婚生活，一边准备州试和省试，享受"红袖添香夜读书"的浪漫。

第十二章 济 世

苏家的生意在程夫人打理下,像竹节一样一天天拔高,生长,欣欣向荣;苏家的财富也一天天聚集,增长。搬进了园林式住宅,置办了精美的家具,增添了明亮宽敞的书房,一家人过得体面、富足、丰盈。除去财富不说,论文化是进士之家,论地位是官宦之第,苏家在眉州城里已然是名列前茅的大户人家,上流阶层。

然而,日积月累的财富并没有给程夫人带来更多的荣耀与喜悦,反而使她感到了恐慌和不安。她做生意的初衷并非发财,她只是要养家,只需要全家过得宽裕一些,只想要生活上有安全感;同时她要让丈夫安心读书,求取功名,有所出息。她没有想到像父亲那样富甲一方,没有想到要在商界成为巨头,更没有想到要在经商的道路上一直走下去。她认为自己就是个相夫教子的家庭妇女，不是什么女强人、女老板、女豪杰、女富豪。四十多岁的人了，她经历了钱多的日子，挨过了钱少的岁月，又品尝了骤富的美酒。她深知财富像一把双刃剑，既可以让人衣食无忧，富足幸福；也可以让人奢侈糜烂，为富不仁，最后家败人亡。她认为，儿孙自有儿孙福，给儿孙留下财富，他未必能守得住；给儿孙留下书本，他未必认真读。只有给儿孙留下优秀的道德和品质，进取的精神和毅力，谋生的才学与本领，儿孙才能安身立命。

因此，在聚集巨额财富的时候，程夫人产生的恐惧与不安在于，一是怕家人滋长奢侈之心，形成夸富之性，滥行奢靡之事，横行不仁之举；二是让世人对自己的财富有憎恨之心，有妒忌之态，有觊觎之意，有谋取之害。程夫人读过西晋鲁褒的《钱神论》，对于文内"钱能通神""钱能使鬼"的反讽，她会心一笑。但她认为钱可为善，钱可为恶，也是至理名言。她读了苏洵写的家谱，明白为何苏洵的祖父和父亲不愿意敛财，家财稍多一点就要散掉，全家始终田不满二顷，房子旧了也不修缮。不患寡而患不均，是任何朝代都无法回避的矛盾；仇富的心态，是难以改变的天生痼疾。无论是自己作孽败家，还是被人谋财暗算，都是程夫人所不愿意看到的悲惨结果。她一定要阻止这种悲剧的上演，她一定不能让自己多年的辛劳变成毒害自己和家庭的恶果。因此，程夫人也想效法苏家的传统：散财。

那么，怎样才能把家里聚集的财富散得高明、散得科学、散得漂亮、散得世人都叫好呢？也就是说，钱要用在什么地方才是最正确的呢？钱当然要给最需要的人花才好。也就是说，锦上添花不如雪中送炭。扶危济困，救人水火，赡养鳏寡孤独，都是积德行善的大好事。但是，既要做授人以鱼的事，也要做授人以渔的事，才能长远地可持续消除部分贫困。程夫人冥思苦想，决定做三件事：一是捐资助学，每年资助50名贫困子弟上乡校，资助50名贫困子弟上州学；二是提倡敬老孝道，凡是每年眉州各乡报上来的敬老孝亲典型，都给予奖励；三是资助贫困族亲，苏程两家的贫困近亲远亲，办不起嫁妆的帮助办嫁妆，娶不起媳妇的帮助备彩礼。

程夫人把自己的想法告诉了丈夫。散财是苏家的传统，苏洵自然举双手赞成。妻子要做的这几类善事，既回报了社会，也照顾了家族，即着眼于救急，也致力于长远，可以说考虑得十分周全。苏洵不由得深深敬佩夫人的胸襟和智慧。

程夫人是个雷厉风行的人。第二天，她便在儿媳王弗的陪同下，坐着马车去了城东的天庆观，眉山城的乡校就设在观中的北极院。这里环境优美，宽敞又安静，最适合读书。乡校的主持叫黄易之,听说程夫人莅临乡校,赶忙迎了出来,把程夫人和王弗请进雅室奉茶。

"程夫人专程来到敝校,不知有何见教?"黄易之礼貌而客气地问道。整个眉山城里几乎没人不知程夫人,无人不识程夫人,她的名气甚至大过知州大人呢。这黄易之虽然没有直接同程夫人打过交道,但对程夫人的聪慧能干和豪爽却是闻名已久。

"我今天来,是要送一份人情给贵校的,还希望黄主持笑纳。"程夫人微笑着开门见山地说。

听说程夫人有人情相送,黄易之不由得笑逐颜开:"那可是太好了,这是咱乡校的福分啊!不知是怎样的一份人情呢?"

程夫人说:"我想请问一下,是不是每年有不少贫寒家庭的学生因为交不起学费而进不了乡校啊?"

黄易之听得程夫人问这话,不由得深深地叹了口气:"谁说不是呢。大家都知道,科举考试是年轻人的最好出路,而要想科场夺锦那就得读书啊!可不少家庭供不起孩子读书,走不通这条路。都说'寒门出公卿',其实是很难的。你学校门都进不了,考场都进不了,公卿的帽子哪里来?就说我这乡校吧,年年都有不少穷人家的孩子想进来,可就是交不起一年那点学杂费,我只能狠心地将其拒之门外。官府不给我补贴,我也实在是没有办法呀,毕竟乡校又不是慈善机构。"

黄易之一口气说出了心中的困惑，满脸的无奈。

听了黄易之这番话，程夫人却露出兴奋的神色："看来我的想法没错。黄主持，我打算每年资助50个品学兼优，但家庭贫困难以交纳学杂费的孩子，让他们上完三年乡校。至于他们最终是否读得出来，那就看他们自己的造化了。我想，哪怕能出一个人才，也是一番功德。"

黄易之听得程夫人这话，不由大喜："那可真是太好了！程夫人您这是雪中送炭啊！哪里只是一番功德，简直是功德无量啊！我在这里先替那些幸运的孩子感谢您！"

程夫人听得此言，心中自然大感欣慰："黄主持言重了。我只是想做点积德积善的事而已。好，言归正传，不知贵校一年的学杂费是多少啊？"

"我们的学杂费不高，只需两贯钱，一个学生一年的学费和纸笔墨费全够了！"黄易之答道。

程夫人略一思忖："好，那我就每年初开学前把当年资助学生的100贯钱给黄主持送来。请黄主持到时给我一个名单，注明学生姓名、年龄、住址，便于核实情况。贵校在确定名单时，既要本人申请，也要请筍前帮助证明一下。筍前负责各乡村居民的税收，那些学生家庭的经济状况他是知道的。"

黄易之拍着胸脯打包票道："那是一定。程夫人请放心,您送的这份泽被寒门学子的大人情,我们会落实好,绝不让不该得到资助的人吃了混糖锅盔!"

"那就太好了,我要的就是你这句话!"程夫人高兴地说。说罢,便起身告辞。

程夫人资助50名贫困学生上乡校,就意味着乡校可以多招50名学生,多了学费收入,于乡校当然是大好事。黄易之主持不由心花怒放。他满面笑容地把程夫人和王弗送出天庆观大门,看着程夫人上车走远。

第二天,程夫人又和王弗坐着马车来到眉山城西门外三里的眉州书院。书院周围林木茂盛,庭院里花草葱茏。幽静而雅致的环境,正是读书的好地方。这是官办的州学,培养秀才、举人和进京应试的"准进士",最拔尖的学生还可以直接升入朝廷的太学,成为贡士。眉州书院自然也就是眉州最高水平的学校了。州学是北宋仁宗皇帝时下旨开始兴办的,是为了替朝廷培养更多的人才。因此州学通常是由一州的知州或通判亲自主管,设教授具体主持。这教授就相当于州学的校长。下面还设有学正、学录、直学、司记、斋长、斋谕等职位。州学既然是官办,便不能靠收学费来维持,而是根据朝廷的政策,由地方政府划拨一定数量的学田,招租生产,以收取的租金维持州学的运转。

当时眉州州学的教授姓陈名皓,听得通报,便匆匆迎出门来，把程夫人请进客厅，让人奉上香茗。

程夫人也不客套，直接把来意说明："陈教授，我今天来州学就是想每年资助50名贫困学子，不知这种想法是否合适，还望教授指点！"

陈皓略一思索答道："州学与乡学最大的区别在于，州学不收学费。但既是州学，就是咱眉州眉山、彭山、青神、丹棱四县学子共同的学校。也就是说，所有学生都要学习、吃住在学校里。一个学生的生活费、书本费、纸笔墨费以及零花钱，一年还是所费不少。多了不说，一年七八贯钱是需要的吧。因此，确有不少学生上不起州学。"

听了陈皓这话，程夫人还是感到有些意外。她没想到事情这么复杂，她想的是简单行事。于是说道："陈教授，你看这样行不行，我每年给州学捐赠200贯，你们用来补贴家庭确实困难的学生，名额50人，可根据其家庭贫困的程度给予补助。比如一等8贯，二等4贯，三等2贯，这样可能会公平一些。只需要你每年把受资助者名单和账目通报给我就行了。你看如何？"

听了程夫人这话，陈皓不禁大为感动："好，好，好！程夫人慷慨解囊，资助贫困学子，真是天大的善举！我代表州学接受，并对您的恩德表示敬意！我们一定做好贫困学生的遴选，把钱花到最合适的地方。这真是咱眉州贫困学子之幸啊！我相信一定可以激励一大批穷人家的孩子发奋读书，博取功名！咱眉州，一定可以人才辈出，光耀历史！"

程夫人听了陈教授这番话，不由心情大好，精神振奋："好，我希望陈教授的话能成为现实！告辞！"

马车奔驰在回家的路上，马蹄敲打着路面，发出"嘚嘚"的声音。道路不甚平整，车身有些颠簸摇晃，人仿佛坐在摇篮之中。程夫人沉默了一会儿，感叹地对王弗说："从昨天到今天，我是真切地感受到，还有那么多孩子因为贫困而读不起书，丧失了大好前程。要是天下百姓的孩子都能上得起学，那该多好啊！可惜我能力有限，也只能杯水车薪！"

王弗知道娘在想什么，她做了这么些善事，还觉得没有能力做得更好，这样的胸怀实在令人敬佩。于是安慰程夫人道："娘啊，媳妇知道您老人家胸怀天下，可一个人毕竟能力有限，您已经做得很好了，不必再有什么遗憾。今后像您一样助学的人多了，读不上书的孩子也就少了。还有，从根本上说，就是让天下百姓都丢掉那个穷字，也就人人都读得起书了。"

程夫人听了媳妇这话，也深有感触："你这话的确说到要害上了，最要紧还是挖掉穷根儿！但愿有那么一天吧！"

过了两天，程夫人又去拜见了知州大人，把奖励敬老孝亲典型的事跟知州说明了。知州秦重自然大喜，本该地方官府做的事，有人愿意出钱来奖励，而且无须回报，这事做好了就是重大政绩，朝廷是要嘉赏的。于是，秦知州满口应承，并对程夫人大加赞赏，狠狠地旌扬了一番。什么倡导孝亲敬老，大有古人风范；什么仗义疏财，德行扬于天下等，弄得程夫人脸上也发起烧来。最后说好，程夫人每年捐赠200贯，用于表彰奖励20名孝亲敬老典型，一切遴选事务由州官府执行。末了，那秦重知州隆重地亲自将程夫人送至州衙大门口。

办完这些，程夫人心里踏实多了。这三项捐赠加起来一年就要500贯，差不多相当于家里年收入的三分之一。不过那时苏家已经有相当的积蓄，拿出这些钱绝对不至于影响家里的正常生活。对于家庭而言，程夫人要考虑的除了每年的日常开支外，更重要的是留够苏洵父子三人将来去成都参加府路一级的解试，以及去京城开封参加部试、殿试的盘缠，这可是一笔不小的费用。坦率地说，真正贫困的家庭，根本负担不起上京考试那笔沉重的经费。

接下来，程夫人要实现她的第三个愿望，即帮助苏、程两家娶、嫁困难的族亲。她向眉山、青神两县的族亲发出信函，告诉他们，如果有娶、嫁方面的难处，可以随时向苏家求助。苏家一定资助他们置办迎娶的彩礼或出嫁的嫁妆。当然，程夫人会让人去求助的家庭调查核实情况。

实际上，一般来讲，每个人都要面子，只要有能力，是不愿意让人知道自己娶不起媳妇，或者嫁不出女儿的，哪怕一家人勒紧裤腰带也要把喜事尽可能办得像模像样。不过，既然苏家乐意资助，自然也有人愿意接受。毕竟是亲戚嘛，也没有什么不好意思的，何况苏家也不图回报。对于情债和钱债，总是有不同看法。对经济条件好的家庭而言，凡是可以用钱解决的，是尽可能不欠情债；而对于经济条件差的家庭而言，欠不起钱债就只能欠情债了。

苏、程两家的远亲中，还真有娶、嫁困难的家庭。这也不奇怪，俗话说，皇帝还有几门穷亲戚呢。苏家有一户远亲，就住在眉山县乡下，毗邻苏家村，户主叫苏畅。他为儿子定了一门亲事，女孩模样俊俏，温柔贤淑。可男方就是因为凑不齐像样的彩礼，一直拖着，久久不能把未来的媳妇娶进门。女方说了，要是年底前还拿不出彩礼，女儿就只有另许别人家了。为这事，苏畅急成了热锅上的蚂蚁，四处告借也凑不够。正在苏畅家叫天不应、呼地不灵，濒于绝望之时，程夫人救命的信函来了。苏畅赶紧向程夫人求救，很快得到了一笔资助，终于像模像样地置办了彩礼，儿子把心仪的姑娘娶进了门。苏畅对程夫人感恩不尽，一定要程夫人在儿子大婚那天前去主婚，让新婚夫妻拜谢程夫人的大恩大德。程夫人欣然前往，并再馈赠一份厚礼，为这对新人送上祝福。看到这对幸福的新人，程夫人心里升起百般欣慰。她感觉到财富的力量，感觉到能帮助别人的幸福，感觉到博爱让自己的胸腔充满了快乐。财富能让自己在物质享受中快乐，财富更能让自己在为别人雪中送炭中精神上快乐。只有让自己感到快乐的财富才是真正的财富；如果财富让自己感觉不到快乐，甚至感到恐惧，那就算不上是真正的财富。

像这种资助远亲娶嫁的事，每年总有两三起。程夫人就是以年年助学、岁岁奖孝、载载助亲这样的方式，挥散着家里的钱财，也收获着助人的快乐。不过，程夫人从不拿这些事炫耀，她总是悄悄地做事，低调地做人。她也像苏家老爷子一样，不愿意别人把她的散财行为，看成是博取名声的手段。她就是自己想这样做，她就是希望将财富为善的功能发挥到极致，把钱用到最能见效的地方。不过，程夫人的这些行为眉州的百姓看在眼里，听在耳里，她扶危济困的名声传扬四方，人们把她视为"活菩萨"，不少受过程夫人恩惠的人家，甚至为她供起了长生牌位。

第十三章　八　娘

"眉如翠羽，肌如白雪，腰如束素，齿如含贝。"宋玉曾在《登徒子好色赋》中如此描写暗恋他的邻家美女。这几句话放在苏家八娘的身上，也是极为贴切的。八娘是苏家的小女儿，却又是苏家长大成人的孩子中最大的一个。在她前面，有两个姐姐和一个哥哥都夭折了。她生于宋仁宗景祐三年（1036），只比苏轼大一岁多一点儿。所以，她的奶娘任采莲后来也是苏轼的奶娘。一母所生，又一母所奶，因而，八娘与苏轼感情极深。民间曾传说苏轼有一个妹妹，人称苏小妹，甚至演绎出"苏小妹三难新郎"的故事，实在是子虚乌有。

八娘长得与母亲很像，按四川民间的说法，就像是"一个巴掌拍下来的"。她从小秀丽端庄，长得水灵灵的，十分可爱。到了少女时代,更是出落得亭亭玉立,如出水芙蓉,清新淡雅,又可亲可近。作为唯一长大的女儿,八娘是父母的掌上明珠,心肝宝贝。她又是两个弟弟苏轼和苏辙心中的女神。他们都喜欢姐姐,听姐姐的话。她是女孩子,不能去学校读书,母亲和父亲就在家里教她识字、念书、画画。因此,八娘像母亲一样,腹有诗书,能诗能文善画,也算是个美丽的小才女。

上有父母宠着,下有弟弟们捧着,八娘在家里没受过半点委屈,日子过得轻盈而快乐。一晃就十五六岁,八娘到了该谈婚论嫁的年龄了。给女儿选个什么样的丈夫呢?苏洵和程夫人颇犯踌躇。他们的家世和财富不允许女儿嫁个普通人家,可门当户对的人家在眉州实在不好找。在把眉州的大户人家彻彻底底搜索寻觅了一遍之后,夫妇俩还是失望了。

这天下事情总是那么凑巧。正在苏洵夫妇为女儿的婚事犯愁的时候,却天降喜事:程夫人的哥哥程浚托人来提亲,要妹妹、妹夫把八娘嫁给他家老大程之才。

程夫人的哥哥程浚当年与苏家老二苏涣同榜考中进士。他的大儿子叫程之才,字正辅,比八娘大一岁。小伙儿长得一表人才,而且好学上进,诗书满腹,将来完全有科举高中的可能。无论从年龄、相貌还是家世、才学方面看,这个程正辅都是苏家八娘的如意郎君。俗话说,肥水不流外人田,亲上加亲岂不是美事一桩?哥哥请人来提亲可谓正中程夫人下怀。她深爱自己的娘家人,她认为自己的娘家人也会深爱自己的女儿。她相信自己的哥哥、嫂嫂、侄儿会善待八娘,把自己的女儿嫁回娘家一定会是一桩美好的姻缘。

程夫人心里极是乐意这门亲事,遂与丈夫商量,打算把女儿许配给自家侄儿。苏洵曾听说程浚当年不是很赞同自己与夫人的婚事。不过,这么多年过去了,两家过从甚密,也没什么矛盾过节。想来程家主动来提亲要娶八娘,一定是看中女儿的才貌双全、温柔贤淑。那程家也是诗书官宦之家,肯定会喜欢自己的女儿,断不至于亏待她。而且有夫人在,料想程家也不至于不给面子。对于夫人的眼光,苏洵是十二分的佩服,于是苏洵也没说更多,便对夫人的意见爽快地投了赞成票。

程夫人又私下问女儿的意思。八娘以前在外婆家是见过程之才的,说不上有什么好印象也没有什么坏印象。和这位大她一岁的表兄也没说过多少话。在家里有两位贴心的弟弟陪伴,她已经很开心很满足了。她如实地对母亲说,对表兄自己说不上喜欢不喜欢,如果父母都乐意,自己任凭父母做主。八娘是个听话的孩子,而且她对母亲极为热爱极为尊重,当然也绝对相信母亲洞若观火的眼光。她做梦也不会想到,答应这门亲事,竟然是自己悲剧人生的序幕。

这时的苏轼只有15岁，苏辙13岁，对于姐姐的婚事，自然说不出什么子丑寅卯。姐姐嫁给表哥，似乎也是顺理成章。反正是亲亲的一家人，也许以后会更亲了呢。他们根本不会想到，婚后姐姐会从福窝掉进狼窝。

既然苏、程两家都同意了这门婚事，接下来的程序便按部就班了。苏家为八娘准备了丰厚的嫁妆，一辆披红戴花的豪华马车轰隆隆地把16岁的八娘送到了程家。

新婚的八娘和程家大少爷还是很甜蜜的。八娘在家里常同两个弟弟一起玩儿，吟诗作文，下棋作画。到了程家，似乎也没有太大改变，只是陪伴的人不一样了。她陪着程之才读书，写字，有时也出门去走走，寄情于山水，徜徉于街市。小夫妻俩虽然说不上如胶似漆，但相处得还算融洽。程之才对八娘也礼貌周到。那个年代结婚早，都是十六七岁的人，心智并不十分成熟，闹个小矛盾，耍点小脾气的事还是常有的。

在最初的日子里，公公、婆婆，也就是舅舅、舅妈，对八娘也很客气。八娘对他们也礼数周全，尊敬有加，早晚请安，饮食起居关心。就是对舅舅的小妾，八娘也一样尊重。程家奴婢众多，也用不着八娘做什么家务活儿。

一切仿佛都那么平静而祥和。如果这种日子继续下去，八娘这一生也许就是简单而幸福的。然而，这一切却

第十三章 八娘

由于一件意外的事发生了改变，八娘的生活脱离了原来的轨道，滑向了未知的深渊。

那是一个夜里，八娘忽然肚痛，去茅房方便。回来时路过侍女媚儿的房间，听得里面有一种异样的声音。八娘是一个热心善良的人，生怕家里来了盗贼之类，媚儿会吃亏。她走到媚儿房门前，那房门竟然没关严，于是不假思索地推门而入。哪知映入眼帘的却是另一幅画面：舅舅程浚正拥着那媚儿求欢，二人正在鱼水之欢中。八娘的推门声惊动了程浚和媚儿，二人立刻停止动作，把两双如刀似剑的目光射向八娘。八娘哪里想到是这般光景，愣神了一下赶忙像做了贼似的飞跑回到自己的房间，小心脏还扑通扑通地跳了好久。幸好丈夫已经熟睡，没有发现她的异样。

被八娘撞破了与媚儿偷情的秘密，程浚心里十分恼火。待八娘跑开后，那媚儿揪住程浚不依不饶地要老爷给她个说法。说要是老爷不正式纳她为妾，她就要去夫人那里告老爷强暴，然后她就去死。

程浚当然不想把事情闹大，何况这媚儿虽然出自贫家，却真有些妖媚本事，而且肌肤赛雪，身上柔若无骨，令人销魂，这样的尤物岂能让其香消玉殒？于是满口答应媚儿要求。

见老爷答应好事，媚儿破涕为笑，遂施展手段，与程浚再效鸳鸯。

过了没几天,程浚宣布纳媚儿为妾。可是,从此八娘却成了程浚心里的头号敌人。他想起当年并不同意八娘的母亲程夫人与苏洵的婚事,只是碍于父母的情面最后没有坚决反对。当然,他对妹妹也是有感情的,妹妹自己乐意他也不好说更多。可现在不一样了,虽然八娘与他本人以前并无过节,但她撞破了自己的隐私,逼得他不得不将媚儿纳为小妾。程浚是个睚眦必报的人,他的心胸有时就针尖那么大。他从此把对八娘这个外甥女兼儿媳的好感一笔勾销,他心中对八娘只有仇恨。于是他对八娘总是横挑鼻子竖挑眼,以前的亲切变成了怒目,以前的关爱变成了仇视。他还唆使媚儿以尖酸刻薄的语言常常羞辱八娘,或者指桑骂槐地让八娘心里难受。

八娘自然明白公公兼舅舅的程浚为何突然翻脸,可她不能对丈夫说,不能对婆婆说,甚至也不能回家对父母说,不能对两个少年弟弟说。她虽然年纪不大,但她明白这种秘密只能烂在肚子里。她只得偷偷饮泣,偷偷难过。她在心里埋怨自己为什么要撞破人家的好事,埋怨自己为什么要得到这样的报应。

她非常想回娘家,可是又不能经常回娘家。有时回到娘家,待上两天又得回到那个令她窒息的程家。要不然程浚和媚儿会变本加厉地恶语伤人,让八娘更难过。每天压抑的日子让八娘郁郁寡欢，度日如年。

对于女儿在程家的不开心，程夫人和苏洵也有些觉察。可每次八娘回到娘家，问她过得怎样，她总是支支吾吾，含糊回答。鉴于程家是母家，程夫人也不好多问，生怕伤害了与兄嫂的感情。别看程夫人在生意场上叱咤风云，在处理大事上当机立断，但她在感情上，尤其是对娘家的感情上，她却是优柔寡断，不肯说上一个不字的，更不要说翻脸了。

至于八娘那个比她大一岁的丈夫程之才，对妻子似乎除了客客气气地过日子，并没有太多的关心。他的一门心思，就是努力读书，争取金榜题名。他的大脑里，基本就是四书五经、诗词歌赋、历史典故。他对八娘的关心，最多的就是良宵里享受八娘青春的胴体，美妙的鱼水之欢。自己欢愉完了，也不管八娘的感受如何，便转身呼呼大睡。说白了，这个妻子就是陪他读书的，替他磨墨的；陪他睡觉的，帮他消泄青春之火的。平时里八娘的喜怒哀乐似乎跟他没有太大的关系。因此，八娘受了委屈偶尔跟程之才说上一两句，程之才总是不耐烦地说："你能不能不要在我面前说这些，我成天读书就已经够累了！"常常把八娘想说的话生生地噎回去。

程之才白天在书山里徜徉，晚上在八娘身上耕耘，终于很快就有了收获。没有多久，八娘怀孕了。婚后大概一年多一点，八娘为程之才生下了一个儿子。这本来应该是程家的喜事，八娘或许可以因此而日子变得好过些。可事情不是想象的那样顺理成章。八娘在抑郁中怀孕，十月怀胎加重了她的心理负担。程之才并没有因为妻子怀孕而更加体贴八娘，反而因为妻子怀孕，好长时间"无地可耕"而憋得难受，有时烦躁起来甚至把火发在八娘身上。

程之才他爹收侍女做妾的事情给了他启发，他也把目光放在了一个侍女身上。这女孩叫丰儿，实在名副其实，人才15岁，却发育得相当成熟，圆脸圆胸圆臀，用通俗的话来讲就是一个小胖妹儿。八娘苗条，程之才反过来向往丰满女人的肉感。这女孩专门侍候八娘和程之才，他正好有的是机会。于是程之才常常趁八娘不在身边时对丰儿动手动脚。丰儿年龄虽小，也是个极精明的女孩。她明白，当男主人的侍女，早晚也是人家的菜，何况已经情窦初开，心理和生理上也渴望抚慰。于是丰儿也就顺水推舟，任程之才的手在自己身上拨弄。终于有一天，八娘回娘家了，程之才故意派了另外的侍女陪八娘回去，把丰儿留在家里。那天夜里，程之才将丰儿抱上了自己的床。程之才觉得这丰儿大胆开放，富有弹性的身体，才是那绝顶美妙之处，比起八娘的羞涩与骨感，简直要销魂百倍。从此，程之才一颗驿动的心，全部放在了丰儿身上。八娘对他而言，已经是明日黄花。

八娘生了儿子不久，由于虚弱和产后抑郁病倒了。她成天躺在床上，不思茶饭，昏睡终日。程之才跟父亲说，是不是请个郎中来瞧瞧病。程浚却说，八娘这病是有妖孽作祟，需要作法，把困住八娘的妖孽驱赶出她的身体，八娘才能好起来。

程之才本来只是个不到二十岁的青年，长期在父亲的庇护下生活，自己也没什么主见，只得按父亲的意见办。

于是，程家请来一个神婆，就在八娘的房间做起法事来。只见那神婆全身穿着赤色衣裳，一手持木剑，一手摇蒲扇，嘴里念念有词。她时而喷水，时而高喊"杀杀杀"，身体旋转，顿足舞臂。足足折腾了三天。那八娘本身就病体沉重，哪里经得起这种折腾，不但不见一点儿起色，病势还愈加深重了。

正在八娘绝望之时，她生病的消息被父母得知。苏洵和程夫人大惊，遂派人把八娘接回娘家。看着八娘重病憔悴的样子，程夫人心如刀割，赶紧请来城里医术最高明的郎中诊治。郎中认为病人一是需要调养，二是需要心理上的宽慰，遂开了一些安神、调养的药，要家人多关心、多安慰病人。

在娘家，程夫人天天陪着女儿，把母爱尽情挥洒。八娘仿佛又回到了儿时，心里感到安全而舒坦。苏轼兄弟俩也在姐姐病床前天天问候，讲些故事和笑话，逗姐姐开心。八娘的孩子也有奶娘帮助喂养，照顾。在娘家人的精心呵护下，八娘的心情也一天天好转，身体一天天恢复。她的脸上有了笑容，有了血色，有了女人的美丽。她毕竟才青春十八岁啊！

在为八娘治病的过程中，程夫人也在反思。她过去认为的"黄金婚姻"到底是不是真的那么好？女儿在程家显然过得并不开心，可这问题到底出在哪里？她反复想，绞尽脑汁地想，可是怎么也想不明白。可话又说回来，她不知发生这种状况的原因，她怎么能想得明白呢？她对自己以前的判断产生了怀疑，她有些后悔自己全力赞成并促成这桩婚姻。于是，程夫人从此心中结下了一个疙瘩。

自从八娘被苏家接回娘家，这程浚心里一直不爽，他觉得自己被打了脸。听说八娘在苏家病情大有好转，程浚心里跟猫抓一样。他是一个极好面子的人，何况又是进士出身，现任官员。他不能容忍别人对他、对他的家庭说三道四。总之，在八娘的问题上，他不愿别人认为是他虐待了八娘。于是，他不能让八娘再在娘家待，八娘嫁到了程家，就是程家的人，哪怕死了，也是程家的鬼。他派出侍女和男仆，要去苏家把八娘接回程家。

听说程家派人来接自己回去，八娘死活不愿意走。她对接她的侍女说，她坚决不回去，她愿意待在娘家。

程浚见八娘不肯回来，心里更加恼怒。他更肯定苏家对他有了看法。他也就越发坚定了要八娘回去的决心。他对程之才说:"那苏八娘是你的老婆,你就愿意让她一直窝在娘家,让别人看咱们家的笑话?你真是个没出息的男人!"

八娘不在家里,对程之才来说并无坏处,他反而可以和丰儿颠鸾倒凤,夜夜快活。可父亲的话也确实有道理,他不能,也无法违抗父亲的命令。

程之才在父命之下亲自带着仆人和侍女来到苏家,要接八娘回程家。八娘依然不肯跟程之才回去,她觉得程家似乎就是人间地狱。程之才不能对八娘动粗,便说那先把孩子带回去,家里有奶妈照顾。于是,程家的仆人和侍女便把孩子抱起就走。程之才知道,只要带走孩子,八娘也就在家里待不安稳。

程之才这一招还真是毒辣。八娘在家里再待了一天,便想念孩子,不得不拖着尚未痊愈的身子回到程家。而苏洵和程夫人、苏轼兄弟也不便阻拦,只好看着八娘洒泪而去。令他们没有想到的是,这一去竟然成了永诀!

八娘回到程家没几天,在压抑中再次病倒。程家依然不给看医生,程浚和他那个小妾媚儿反而冷言冷语,说八娘装病。程之才也睁一只眼闭一只眼,眼看着八娘被折磨。在这种非人的病痛蹂躏和极度压抑之下,脆弱的八娘三天后竟然香消玉殒,年仅18岁!这是在1054年的5月。

噩耗传来，程夫人悲痛欲绝。她整日以泪洗面，茶饭不进。她想了许多，更多的是后悔和自责。可有什么办法呢？再后悔再自责，八娘已经回不来了。

而苏洵则大怒，他恨程家人，恨他们的无情无义，恨他们的寡廉鲜耻。他宣布，从此和程家断绝关系，老死不相往来。

可满腔怒火的苏洵当时似乎没有想到另一方面，他的这个反目成仇的决定，让程夫人也受到了重大的打击。她本来就夹在中间极度难受，而程家毕竟是她的娘家，血浓于水，你要生生割断这种血缘，这伤口该有多深？这疼痛该有多剧？这伤情该有多重？在这样的双重打击之下，似乎钢筋铁骨的程夫人最终泰山崩塌般病倒了。

多年来养家的千钧重担没有把程夫人压垮；经商中的千辛万苦、呕心沥血没有让程夫人倒下；丈夫屡次名落孙山的沉重打击没有让程夫人消沉；前三个子女的夭折和其他几位亲人的逝世也没有使程夫人颓唐。而八娘之死，却如同一记沉重的闷棍，把程夫人击晕，击倒。程夫人躺在床上，水米难进，高烧不退，嘴里说着胡话。翻来覆去只有一句话：都怪我，都怪我，都怪我！她觉得八娘之死跟自己关系太大；她认为是自己亲手把八娘送进了虎口；她悔恨自己被亲情蒙住了眼睛没有看清楚兄长的蛇蝎心肠；她为苏程两家的恩断义绝而撕心裂肺！

后来经过郎中大半个月的精心治疗和调养，苏洵和苏轼兄弟衣不解带的贴心伺候，程夫人才算缓过劲儿来。可人一下苍老了好多。

八娘之死也让苏洵久久不能释怀。他唯一长大成人的女儿冤死在青春妙龄，让他难以接受。他恨程家人入骨髓。可后来有朋友告诉他，你固然可以恨程家人，可当初你为什么要同意把女儿嫁给程家呢？是你自己这个错误的决定害了女儿啊！于是，在苏洵51岁的时候，写下了一首《自尤》诗，检讨自己，怀念女儿，向世人发出了"当使天下重结婚"的警示：

> 五月之旦兹何辰，有女强死无由伸。
> 嗟予为父亦不武，使汝孤冢埋冤魂。
> 死生寿夭固无定，我岂以此辄怨人。
> 当时此事最惊众，行道闻者皆醉辛。
> 余家世世本好学，生女不独治组紃。
> 读书未省事华饰，下笔亹亹能属文，
> 家贫不敢嫁豪贵，恐彼非彼难为亲。
> 汝母之兄汝叔舅，求以厥子来结姻。
> 乡人婚嫁重母族，虽我不肯将安云。
> 生年十六亦已嫁，日负忧责五欢欣。
> 归宁见我悲且泣，告我家事不可陈。

舅姑叔妹不知道，弃礼自快纷如云。
人多我寡势不胜，祇欲强学非天真。
昨朝告以此太甚，掩耳不听生怒嗔。
余言如此非乃事，为妇何不善一身。
嗟哉尔夫任此责，可奈狂狠如痴麐。
忠臣汝不见洩治，谏死世不非陈君。
谁知余言果不妄，明年会汝初生孙。
一朝有疾莫肯视，此意岂尚求尔存。
忧惶百计独汝母，复有汝父惊且奔。
此时汝舅拥爱妾，呼卢握槊如隔邻。
狂言发病若有怪，里有老妇能降神。
呼来问讯岂得已，汝舅责我学不纯。
急难造次不可动，坚坐有类天王尊。
导其女妻使为孽，就病索汝襦与裙。
衣之出看又汝告，谬为与汝增殷勤。
多多扰乱莫胜记，咎汝不肯同其尘。
经旬乳药渐有喜，移病余告未绝根。
喉中喘息气才属，日使勉强飡肥珍。
舅姑不许再生活，巧计窃发何不仁。
婴儿盈尺未能语，忽然夺去词纷纷。
传言姑怒不归觐，急抱疾走何暇询。
病中忧恐莫能测，起坐无语涕满巾。

须臾病作状如故，三日不救谁缘因。
此惟汝甥汝儿妇，何用负汝漫无恩。
嗟余生女苟不义，虽汝手刃吾何言。
俨然正直好礼让，才敏明辩超无伦。
正应以此获尤谴，汝可以手心自扪。
此虽法律所无奈，尚可仰首披苍旻。
天高鬼神不可信，后世有耳犹或闻。
只今闻者已不服，恨我无勇不复冤。
惟余故人不责汝，问我此事久叹呻。
惨然谓我子无恨，此罪在子何尤人。
虎跑牛触不足怪，当自为计免见吞。
深居高堂闭重键，牛虎岂解逾墙坦。
登山入泽不自爱，安可侥倖遭騏驎。
明珠美玉本无价，弃置沟上多缁磷。
置这失地自当尔，既尔何咎荆与榛。
嗟哉此事余有罪，当使天下重结婚。

姐姐的惨死也让苏轼兄弟愤慨不已。他们年少气盛，非要去舅舅家讨个说法，是父母拼命拦住他们才阻止了兄弟俩的冲动。可他们心中种下了对程家的仇恨。

八娘之死让苏程两家交恶，断绝关系。后来在苏轼兄弟高中进士之后不久，程之才也中了进士，曾任夔州路判官、梓州路转运判官、广南东路提刑等职。苏轼兄弟与程之才同朝为官，却形同陌路。在王安石任宰相时，程之才甚至还诬陷过苏轼，只是最终没有得逞。直到晚年，程之才终于在亲情的感召下，与苏轼相逢一笑泯恩仇，重新恢复了昔日的亲情、友情，两家的冤仇得以化解。此是后话。

第十四章 绝　唱

　　时间是医治精神创伤的良药。一年多以后，八娘冤逝的阴霾在苏家终于慢慢散去。程夫人在内外夹攻中遭受的重创渐渐平复。苏洵对程家的愤怒声讨也逐渐归于平静。尤其令程夫人和苏洵感到欣慰的是，苏轼、苏辙兄弟以优异的成绩通过了益州的解试，只待上京参加部试和殿试了。这已经是1055年红叶初绽的秋天。

　　苏洵是个沉稳之人，也有一些怪癖，似乎天生不善交往。其实也要看同什么人打交道，从某种意义上讲，苏洵还是一个情商颇高的人。比如他当年同那些一起闯荡江湖、四处游玩的伙伴就打得火热。此时苏洵46岁，已接近知天命之年，当然更加明白，尽管自己和两个儿子都有真才实学，但真正要脱颖而出，还得有名人赏识，有高人推荐。

在教育苏轼兄弟的这些年，苏洵也苦研诸子百家，深究历史经典，考察天下兴亡，探索治国理政，写下了一批对当时之世有用、富有见地的雄文。他把这些文章编成《权书》《论衡》《机策》和《六经论》几个部分，并且抄存了若干份。苏洵这样做并非为了束之高阁，藏诸名山，他是一个积极入世的人，否则就不会一次又一次地参加科举考试了。他不能在科场立身扬名，只能用这些文章作为求仕报国的"敲门砖"。可怎么才能让朝廷中掌权的有识之士欣赏这些文章，并且上达天听，让天下一人的皇上青睐？苏洵为此竟搔断了无数头发。最后，他得出结论，一是要亲自陪苏轼兄弟去京城赴考，为兄弟俩出人头地助威加油；二是借此机会，把自己的"敲门砖"呈上朝廷高层，并争取得到他们的推荐，好让自己这块埋在土里的黄金得见天日，最终光芒四射。

那么谁能帮助自己把"敲门砖"呈上高层人士呢？苏洵辗转反侧了数夜，想来想去恐怕只有封疆大吏益州知州张方平了。此人颇有才干学问，治理益州也很见成效，至少地方安定，民众安居，官位安稳。而且听说这位曾任礼部侍郎的大员还有爱才惜才的美名。看来这"人梯"非张方平莫属了。但这"人梯"太高，以苏洵现在的能力，恐怕攀他不上。

于是苏洵又反复搜寻靠近张方平这架"人梯"的"台

阶"。也是苏家合当发迹，苏洵突然想起一个人来，此人正是兄长苏涣的好朋友，名叫雷简夫，时任雅州知州。作为直接下级，他一定跟张方平熟悉。而苏洵以前跟着二哥苏涣一起见过雷简夫，想必雷一定不会不给面子。关键是，苏洵对自己的文章非常自信。

想到这里，苏洵非常兴奋。他立马向程夫人说了自己的想法。程夫人自然完全支持。

苏洵怀揣着自己精选的23篇文章去了雅州，见到了知州雷简夫。见老友的兄弟来了，雷简夫自然亲切而热情地接待。苏洵急切地拿出自己的宝贝，呈给了雷知州，满脸企盼的神色。这雷知州读了一篇，叫了声好；读了两篇，叫了两声好；读了三篇，叫了三声好。待读完了全部文章，就只能说"太好了"。雷知州认真而恳切地对苏洵说："兄弟呀，你的文章，在当今大宋，也要算独步一时了，可惜被埋没了啊！你说，要我怎么做？"

苏洵试探地说："知州兄长，您看能否向张方平大人推荐下？"

雷简夫哈哈一笑说："这有何难？张侍郎虽说是我的长官，但我们私交甚好，我马上写推荐信！"

雷知州给张方平写了一封热情洋溢的推荐信，希望这位张大人读一读苏洵的文章，再向朝中大员举荐。当然，他也在信中介绍了苏洵的家世，包括现任提点利州路刑狱的苏涣。

苏洵拿着雷简夫的推荐信，赶紧到成都拜见了张方平。这位张大人读了苏洵的文章后也是赞叹不已。爱才的张方平不顾政见上的分歧，向欧阳修和梅尧臣写了推荐信，希望他们重视苏洵的文章并向朝廷举荐这位旷世大才。

1056年阳春三月的一天，苏洵和苏轼、苏辙伴着春风，从眉山码头乘船去成都。然后再从成都骑马出发，雄心勃勃地向京都开封奔驰。他们此去，父子三人老苏小苏将要一举成名，天下共闻。

离人不觉送人苦，别时容易见时难。离别的父子三人向往着美好前程，没有太多离愁别恨。而程夫人和苏轼的妻子王弗，苏辙的妻子史云，则感受大不一样。家里的三个大男人全部走了，留下三个女人独守空房。尤其是程夫人感受特别强烈。以前苏洵也常常外出游玩，两次上京考试，但那时家里上有长辈，下有儿女，自己并不觉得寂寞。现在丈夫和两个儿子统统离家走了，唯一长大的女儿又在两年前早逝，她感到心像被掏空了。虽然她盼望父子三人有出息，有前途，为苏家光宗耀祖。可是，真到了人去房空的时候，再坚强的女性还是会有"悔教夫婿觅封侯"的叹息。

庭院深深，安静空旷。春日春困，鸟雀啼鸣。程夫人清晨醒来,丈夫不在身边。他去哪里了呢?是在书房读书、写字、作画?还有两个儿子呢?也没见到他们的影子。他们又去哪儿了呢?

轼儿!

辙儿!

程夫人叫了两声,可无人应答。

这是一个阳春三月的清晨。庭院深处的卧房里,程夫人在窗外鸟鸣声中醒来。一切是那么宁静,只有天井里房檐上小鸟的啁啾声。她的头在枕上轻轻转动了一下,目光顺着枕头扫视着右边。长长的枕头那一端空空荡荡,那个熟悉的影子哪里去了呢?从来都是自己先起床,怎么他今天早起了?

程夫人穿衣起床。她走到庭院里,一个侍女正在洒扫。

"看到老爷出去了吗?"程夫人问道。

"老爷?"侍女梅香反问,"他昨天不是同大少爷和二少爷一道上京赶考去了吗?"

"哦,对对对!"程夫人终于完全清醒过来。

前一天,丈夫苏洵和苏轼、苏辙兄弟出发去往成都,然后再走蜀道,穿越剑门关,经利州(广元),由金牛道入青阳驿至兴州(略阳)、凤翔府(宝鸡)、长安,再向东抵达京城开封。

母鸟在哺育小鸟的时候，总是希望小鸟早些高飞，能独自觅食，独自生活。母亲哺育儿女，总是希望孩子早些长大，早些成才，过上自己希望的生活。可是，当孩子真正离开母亲的时候，母亲心里又是那样牵挂，那样担心，那样不舍。

对于程夫人而言，孩子大了，孩子走了，自己也要老了。她终于感到了从未有过的空虚，感到了从未有过的寂寞，感到了从未有过的烦躁，感到了从未有过的坐立不安。父子三人栉风沐雨、跋山涉水的旅途会不会很辛苦啊？他们会不会照顾自己啊？他们会饿着吗、累着吗？她深深地惦记着丈夫和两个儿子，天天为他们魂牵梦绕。除了吃饭睡觉，她成天沉浸在回忆里，回想着苏轼兄弟的点点滴滴。

百无聊赖之中，程夫人首先把生意全部停了。她此时已经没有了做生意的必要和动力。当初经商创业是为了养家，好让丈夫全心全意学习备考挣功名，抚养儿女长大成人。而现在，丈夫虽然没有取得功名，但也算成才了；两个儿子不但健康成长，还个个诗书满腹，大可经国济世。还有，家里也有足够的财物储备，苏家村老家的田地每年依然收入一定的租金，养家过日子已无后顾之忧。所以，程夫人对经商赚钱已毫无兴趣，彻底放下已是必然之举。于是，程夫人把所有商铺全部盘了出去，了结了一切债务，干干净净，一身轻松。

苏家的三个男人走后，剩下一队"娘子军"。以程夫人为首，两个儿媳，两个奶娘，还有几个侍女。当然，还有两个干粗重活儿的男仆。

没有了生意，也不用干家务活儿，程夫人感到了无聊。作为娘家的程家她已经回不去了。不但大哥程浚家不能去，就是那个她出生、长大的青神程家嘴也回不去了。就在她上次和丈夫、两个儿子回程家嘴不久，父亲、母亲都相继仙逝了。那里虽然还有遗迹，可是已没有了根儿，她不忍看到伤感的地方。

于是，程夫人有了一个爱好，就是读两个儿子读过的书，尤其是史书。她仿佛从书中看到了子瞻，看到了子由，看到了他们可爱的笑脸。她想象着他们在京都开封生活、读书的情景。当然，她也会想起自己的丈夫，她想象着苏洵的文章在京都引起轰动，他志得意满的样子。

程夫人又重新拿起了笔。她亲自磨墨，不让两个儿媳帮忙。她找出当年苏轼抄的《汉书》，用娟秀的小楷，一笔一笔地抄了起来。她一边抄，一边想子瞻，想子由。她抄得慢，抄得细，抄得认真，一天抄十数页。到后来，从苏洵父子三人离开家，到程夫人去世的一年又一个月里，程夫人硬是把这《汉书》给抄了一遍！她自己也明白，她抄的不是书，她抄的是儿子的笔迹，抄的是儿子学习的路径，抄的是思儿想儿念儿的天高海深般的感情！

就在程夫人苦苦念夫思儿的这些日子里，苏洵父子三人却在京都开封春风得意。1056年5月，他们在跋涉两个多月后抵达开封。他们借住在一个寺院里准备礼部的初试。当年秋天，苏轼兄弟在赴京的45名眉州学子中脱颖而出，成为通过部试进入殿试的13人之二。接下来，他们兄弟便一边在京城游玩，品美食，赏美景，一边准备参加次年春天的殿试。

苏洵此时幸运地遇到了朝廷中最著名的伯乐欧阳修。这位当时大宋文坛的泰斗级人物可以一赞让人名满天下，一毁让人身败名裂。欧阳修接到张方平的推荐信和随信所附的苏洵23篇文章，读了以后拍案叫绝，直呼天下竟有如此好文章！他激动得立马亲笔写下了上呈皇帝的《荐布衣苏洵状》：

右，臣猥以庸虚，叨尘侍从，无所裨补，常愧心颜。窃慕古人荐贤推善之意，以谓为时得士，亦报国之一端。往时自国家下诏书戒时文，讽励学者以近古，盖自天圣迄今二十余年，通经学古、履忠守道之士，所得不可胜数。而四海之广，不能无山岩草野之遗，其自重者既伏而不出，故朝廷亦莫得而闻，此乃如臣等辈所宜求而上达也。

伏见眉州布衣苏洵，履行淳固，性识明达，亦尝一举有司，不中，遂退而力学。其论议精于物理而善识变权，文章不为空言而期于有用。其所撰《权书》《衡论》《机策》二十篇，辞辩闳伟，博于古而宜于今，实有用之言，非特能文之士也。其人文行久为乡闾所称，而守道安贫，不营仕进，苟无荐引，则遂弃于圣时。其所撰书二十篇，臣谨随状上进。伏望圣慈下两制看详，如有可采，乞赐甄录。

谨具状奏闻，伏候敕旨。

欧阳修还随附了苏洵的23篇佳作。他又让人将苏洵的文章抄录了数份，一份送给了枢密使韩琦，另外的送给了朝中好友。韩琦读了苏洵的文章也大呼好文。而欧、韩的点赞推荐，让苏洵的文章在满朝大臣中传抄阅读，一时洛阳纸贵。那些勋贵们都以与苏洵认识结交为荣。苏洵遂以一介布衣跻身达官显贵云集的上流社会，可谓名满天下了。

而此时，程夫人却在眉山老家病倒了。她多年经商操劳，养育子女，操心苏轼兄弟学业，积下的辛劳、疲惫、伤痛，以及丧女的悲哀，与娘家决裂的苦闷，在苏洵父子三人离去后一齐袭来。她试图抗争，抵挡，挣扎，但最终没能斗争得过。她这一病，十分沉重，有身体的病，有心上的病。两个儿媳为婆婆延请了眉山最好的医生，用了最好的药，她们精心伺候，常常衣不解带。她们打算写信告诉在京城的苏洵父子，可程夫人坚决地制止了，她认为这是两个儿子在考场决战决胜的关键时候，绝对不能让自己的病情干扰了他们的心智。她认为自己活着的使命就是看到苏洵父子成才，成功，她不愿两个儿子功亏一篑。

春风又一度。身在京都的苏轼兄弟于四月春风中充满自信地走进了殿试的考棚。二人早已胸有成竹，思如泉涌，提笔洋洋洒洒，妙文自心中流淌而出，呈现于卷面。苏轼的《刑赏忠厚之至论》一文得到欧阳修的激赏，甚至让他误认为可能是他的学生曾巩所作。为了避嫌，欧阳修将此文从第一名调至第二名。后来打开糊名，才知道这是苏轼所作之文。欧阳修激动之余说了一句话，让苏轼顿时名扬天下："老夫当避让此人，使之出人头地！"

这是苏家大喜的日子。宋仁宗嘉祐二年（1057）四月八日，苏轼、苏辙兄弟同中进士！当天，皇帝策试回宫，对曹皇后说："朕今日为子孙觅得两宰相，乃眉州苏轼、苏辙兄弟二人。"

这一天，也是苏家悲哀的一天。四月八日，程夫人在经历了与疾病漫长的搏斗之后，已经进入弥留的时刻。她太累了，她需要静静地长眠。她似乎做了一个梦，她梦见两个报喜的差官身着红衣，一个敲锣，一人手捧金花帖子，飞奔而来。其中一人高声叫道："您的儿子苏轼、苏辙双双高中进士，我等特来报喜！"程夫人欢喜地迎着官差走去，捧起了金花帖子，脸上浮起了欣慰的笑容。她只觉得有声音在呼唤，可她似乎梦得很深，怎么也回答不出来。然后，这声音渐渐远去，直至无声无息。

苍天有眼，苍天无眼，大喜与大悲同时降临。48岁的程夫人是带着美好的企盼与甜蜜的收获走的，她是幸福的母亲与妻子，她可以终生无憾含笑九泉。

就在苏轼兄弟等待授官上任的时候，家乡传来母亲病逝的噩耗。他们和父亲十万火急地赶回眉山老家。

待他们赶回家里，只见一片混乱，房屋破损，无人修葺，余钱最多只能过一年日子。苏洵和苏轼兄弟含泪安葬了程夫人。苏洵老泪纵横，含悲写下了一首悼亡诗《祭亡妻程氏文》：

呜呼！

与子相好，相期百年。不知中道，弃我而先。

我徂京师，不远当还。嗟子之去，曾不须臾。

子去不返，我怀永哀。反复求思，意子复回。

人亦有言，死生短长。苟皆不欲，尔避谁当？

我独悲子，生逢百殃。有子六人，今谁在堂？

唯轼与辙，仅存不亡。咻呴抚摩，既冠既昏。

教以学问，畏其无闻。昼夜孜孜，孰知子勤？

提携东去，出门迟迟。今往不捷，后何以归？

二子告我：母氏劳苦。今不汲汲，奈后将悔。
大寒酷热，崎岖在外。亦既荐名，试于南宫。
文字炜炜，叹惊群公。二子喜跃，我知母心。
非官实好，要以文称。我今西归，有以藉口。
故乡千里，期母寿考。归来空堂，哭不见人。
伤心故物，感涕殷勤。嗟予老矣，四海一身。
自子之逝，内失良朋。孤居终日，有过谁箴？
昔予少年，游荡不学。子虽不言，耿耿不乐。
我知子心，忧我泯没。感叹折节，以至今日。
呜呼死矣，不可再得！安镇之乡，里名可龙。
隶武阳县，在州北东。有蟠其丘，惟子之坟。
凿为二室，期与子同。骨肉归土，魂无不之。
我归旧庐，无不改移。魂兮未泯，不日来归。

后来，在苏洵去世后，为了合葬父母，苏轼兄弟又请大才子司马光为母亲写了墓志铭：

武阳县君程氏墓志铭

治平三年夏，苏府君终于京师，光往吊焉。二孤轼、辙哭且言曰："今将奉先君之柩归葬于蜀。蜀人之袝也，同垄而异圹。日者吾母夫人之葬也，未之铭，子为我铭其圹。"光固辞，不获命，因曰："夫人之德，非异人所能知也，愿闻其略。"二孤奉其事状拜以授光。光拜受，退而次之曰：

夫人姓程氏，眉山大理寺丞文应之女。生十八年归苏氏。程氏富而苏氏极贫。夫人入门，执妇职，孝恭勤俭。族人环视之，无丝毫鞅鞅骄居可讥诃状，由是共贤之。或谓夫人曰："父母非乏于财，以父母之爱，若求之，宜无不应者，何为甘此蔬粝？独不可以一发言乎！"夫人曰："然。以我求于父母，诚无不可。万一使人谓吾夫为求于人以活其妻子者，将若之何？"卒不求。时祖姑犹在堂，老而性严，家人过堂下，履错然有声，已畏获罪。独夫人能顺适其志，祖姑见之必悦。府君年二十七犹不学，一日慨然谓夫人曰："吾自视，今犹可学。然家待我而生，学且废生，奈何？"夫人曰："我欲言之久矣，恶使子为因我而学者！子苟有志，以生累我可也。"即罄出服玩鬻之以治生，不数年遂为富家。府君由是得专志于学，卒为大儒。夫人喜读书，皆识其大义。

轼、辙之幼也，夫人亲教之。常戒曰："汝读书，勿效曹耦，止欲以书生自名而已。"每称引古人名节以厉之。曰："汝果能死直道，吾亦无戚焉。"已而，二子同年登进士第。又同登贤良方正科。自宋兴以来，惟故资政殿大学士吴公育与轼制策入三等。辙所对语尤切直惊人，由夫人素勖之也。若夫人者可谓知爱其子矣。

始夫人视其家财既有余，乃叹曰："是岂所谓福哉！不已，且愚吾子孙。"因求族姻之孤穷者，悉为嫁娶振业之。乡人有急者，时亦周焉。比其没，家无一年之储。夫人以嘉祐二年四月癸丑终于乡里，其年十二月庚子葬彭山县安镇乡可龙里，享年四十八。轼登朝，追封武阳县君。

凡生六子，长男景先及三女皆早夭。幼女有夫人之风，能属文，年十九既嫁而卒。呜呼，妇人柔顺足以睦其族，智能足以齐其家，斯已贤矣；况如夫人，能开发辅导成就其夫、子，使皆以文学显重于天下，非识虑高绝，能如是乎？古之人称有国有家者，其兴衰无不本于闺门，今于夫人益见古人之可信也。铭曰：

贫不以污其夫之名，富不以为其子之累，知力学可以显其门，而直道可以荣于世。勉夫教子，底于光大。寿不充德，福宜施于后嗣。

尾 声

千年之后，2022年阳春三月之初。青神县程家嘴村。蜿蜒而来的思蒙河缓缓流淌，悄无声息地在这里汇入滚滚而去的岷江。广阔的平坝上，一片片金黄的油菜田，镶嵌在绿野之中，形成一块色彩斑斓的巨大调色板。一汪汪水田荡漾着微波，期待插秧季节的到来。育秧的田块里，一垄垄青翠的幼苗在欢快地成长。靠近丘陵的边缘，一座座两层、三层的小楼在一丛丛竹林的簇拥下，别墅一般散落着。一些楼房的立面上，彩绘着程夫人的巨幅画像，还有程夫人教子图等。苏母形象，处处可见。这就是程家嘴，程夫人出生的地方，如今已经是新农村的缩影，亮丽而富庶。

千年已逝，但程夫人的家乡人没有忘记她，而是加倍怀念她。眉山城里,苏母公园景色旖旎,到处都是程夫人的身影。而在青神县,苏母文化方兴未艾,蓬勃生长。2020年,青神县为了纪念程夫人这位杰出女性、伟大母亲,在村级建制调整中特意将原大兴村和花桥村合并成程家嘴村。程夫人的出生地和成长地终于原名回归。2021年国庆,位于青神县城岷江之滨的唤鱼公园开门迎宾。据悉,园内的苏母祠也将于2022年7月落成。届时,人们将来到这里,了解程夫人平凡而又熠熠生辉的生平,在此缅怀这位千古仁母,缅怀这位三个伟大男人背后的伟大女性,缅怀这位卓然独立于历史画卷中的美丽明星。

  (2020年中秋草稿完成于成都梅花庭园对月斋。2021年国庆完成第一次修改。2022年3月完成第二次修改。)

后 记

我曾说过，后记犹如一趟列车加挂的专列，乘客只有作者；后记是特定发言席，发言人唯有作者。

人云，唯爱情与美食不可辜负。于作者而言，这后记尤其不可辜负。左思右想，我觉得还是应该在这里敞开心扉，把不能在正文里说的话从心底掏出来。

我曾经有一个美好的愿望，就是在退休后每两年出一本书。按照这等如意算盘，如果上天假我以健康，能够顺畅地写到80岁，就可以出10本书！虽不说著作等身，总可以留点东西给后人。我在《华西都市报》任职时，经历了都市报时代的辉煌，领略过报纸巅峰时刻的无限风光。作为曾经的报人，已属幸运之至。若在退休后还能用自己的秃笔余墨，为中国如喜马拉雅般的巍峨书山增添一沙一石，岂不是人生一大快事！应该讲，2017年5月退休后的前三年这个算盘拨得还是蛮响亮的。2019年1月出版27万字的长篇传记文学作品《蜀女皇后》，2020年2月出版与李后强博士合著的30万字历史专著《蜀王全传》，不仅圆满完成预期任务，甚至差不多算得上高产了。我憧憬着美好前程，总以为驶向春天的地铁可以如期到达理想中的站点。

然而，一场世界性的灾难惊破霓裳羽衣曲。2020年初，突如其来的新冠病毒横行寰宇，不但闹得无数人家破人亡，也让世界经济停滞不前，历史的车轮徘徊。我本人被困家里，半年内两次突发疾病急救住院。幸而在家人的精心照料下有惊无险。

2020年五一前第一次生病出院后，精神和肉体都处于人生的低谷。我仿佛一个剑客被废除了武功，衰弱颓唐得不知所措。

思前想后，我觉得医治自己身心的最好药物，第一是写作，第二还是写作！可写什么呢？其实我心里早就有数，我"老窖"着一批历史题材。反复斟酌、评估之后，我欣然选择了写苏轼、苏辙之母程夫人。

想写程夫人并非心血来潮，这个念头已经在我心底发酵了至少五年。在写作《蜀女皇后》时，我阅读了《宋史》《资治通鉴》及许多宋史读物。苏轼、苏辙之母程夫人的故事让我惊喜、惊奇、惊艳。让我"三惊"的不仅是

后记

程夫人如何相夫教子。程夫人教育子女的故事固然生动，但算不上奇特。历史上孟母、陶母、欧母、岳母四大贤母都以善于教育子女而闻名。而真正让我兴奋的是程夫人自告奋勇，担责养家，智闯商海，遽成富豪的故事。

如果说卓文君当垆卖酒是为了寒碜她老爹，逼着老爷子分给她巨额家财，从此与司马相如过上琴瑟和鸣、逍遥自在的富裕生活，那么，程夫人则是封建时代冲破传统，当家主外，绝世独立第一人。作为一个家庭妇女，几个孩子的母亲，为了让丈夫安心在家读书，竟然只身闯荡商场，打出一片天地，成为商界女杰，一方富豪，这不是传说，这是真实的神话一般的存在。

对一个家庭而言，物质条件不是万能的，但没有物质条件也是万万不能的。没有程夫人创业经商，让全家衣食无忧，生活富足，苏洵就不可能安心读书，著文立言，贯通学问，终成大家。苏轼、苏辙就不可能读上乡学、州学，甚至到风景名胜游学。父子三人很有可能一辈子在乡下捧着粗碗，毫无希望地躬耕在那半肥不瘦的土地上。因为他们极可能没有足够的盘缠上京考试。

程夫人是眉山首富家的千金大小姐，标准的"富二代"，她本可以锦衣玉食，衣来伸手，饭来张口。她也可以像卓文君一样，靠娘家财富轻松快活过日子。可她为何要如此辛劳，如此奔波，如此操心？因为她有极强的自尊心，不愿意别人说自己的丈夫一家是靠老婆的娘家生活；

她有极强的自立性，要挺直腰杆，不倚不靠，堂堂正正做人；她有自强不息的开拓能力，可以靠自己的脑子、双手、双脚打天下，养家发家。她创业几年后就飞黄腾达，苏家从一个租房户，到买下园林式别墅豪宅，家财万贯，跻身巨富行列。程夫人是怎样办到的？她有什么经商妙招？做了些什么大生意？在商场上如何制胜？我问历史，历史的回答不是沉默不语便是语焉不详。

历史的记述从来就不是完整的，历史的链条总会在一些细节上断裂。作为一个非虚构文学作品的创作者，任务就是用自己的笔作焊枪，把断裂的历史按其发展的逻辑比较合理地焊接起来。有空白才有创作空间，才有想象空间，才有驰骋空间。没有什么比追寻谜底更让人振奋。于是，我迫切地要再次提起自己的焊枪，把那些断裂的地方精心焊接起来，让程夫人有一个完整的、丰满的、独特的人物形象。

程夫人数年间成为巨富，走的一定不是寻常路。她必定经销着利润丰厚的特殊商品，找到了高回报的商业模式，创造了财源滚滚的经营方式。因此，我根据自己对世界最早纸币交子的研究，对宋代蜀锦价值、地位、生产、经营方式的考察，对青神竹编历史的开掘，得出一个结论，这些物品流行的时间，正与程夫人征战商场的时期相契合。于是，我提起焊枪，电光四射地开工创作，把这些时尚元素赋予程夫人。最终在我笔下呈现的，正是程夫人看准了交子、蜀锦、青神竹编带来的商机,率先占领市场,赚得超额利润,因而迅速致富。

致富并不是程夫人的最终目的。相对的财务自由给了程夫人济世和成就丈夫与孩子的重要物质基础。她迅速把自己的人生重心转移到培养孩子上,营造出善良好学、积极向上的优良家风,以自己的激励智慧、家教智慧言传身教,让孩子们从小志存高远,自觉学习,善于学习,并终成大器。

培根说,读史使人明智。作为一名历史读物写作者,我的理解是,历史作品不但要讲人物故事,讲历史人物的成败得失,更要奉献给读者硬知识,让读者不仅了解史实,而且可以通过这种阅读增长政治、经济、文化、科技等方面的知识。这本小书里交子、蜀锦、青神竹编的相关知识就属于硬知识,相关历史故事也很有趣。因此,我把这些四川特有的文化元素植入作品,既解开了程夫人迅速成为巨富的秘密,又增加了作品的厚度和知识文化含量。

人们说,一千个人眼里有一千个哈姆雷特。一千个人眼里也会有一千个程夫人。《苏母纪》中的程夫人,便是我眼里的程夫人。我眼里的程夫人是凡人中的不凡人。

她是一个女人,但她身上有丈夫气,她有勇于担事,挑起养家重担的豪气;

她是一个女人,但她身上有儒商气,她有叱咤商场,善于捕捉商机的灵气;

她是一个女人，但她身上有豪侠气，她有普济苍生、散财扶危济困的义气。

她是一个女人，但她身上有大智慧，她善于身教言传，启迪子女追求崇高。

感谢眉山市委宣传部周吉华先生，他一次又一次不厌其烦地为我寻找、提供来自程夫人家乡的资料。

感谢文坛新星杜阳林兄弟，高屋建瓴地为本书作了集思想性、学术性、文学性于一身的精妙序言，为拙作增光添彩。

感谢著名歌唱家、国家一级演员李丹阳，当代著名书法家、现任普陀书画院院长戴嫒，知名影视演员谢润，她们都是从四川走向全国舞台的优秀女性，她们对本书的肯定和推荐具有特别的意义。

感谢成都时代出版社慧眼识珠，大胆出版推广这部填补空白的作品。

感谢我的家人。我亲爱的夫人和儿子，你们在年复一年日复一日的平凡生活中为我做出了无怨无悔的付出，你们对本书修改提出了中肯的意见和建议，你们挥洒的心血都体现在了这本小书中。

感谢所有帮助过我、关心过我的亲朋们。我把这本小书作为一束鲜花献给你们！

作　者
2022年阳春三月

图书在版编目（CIP）数据

苏母纪/奉友湘著．-- 成都：成都时代出版社，2022.11（2023.12重印）

ISBN 978-7-5464-3128-4

Ⅰ．①苏… Ⅱ．①奉… Ⅲ．①传记小说—中国—当代 Ⅳ．① I247.5

中国版本图书馆CIP数据核字（2022）第148559号

苏母纪
SU MU JI

奉友湘　著

出 品 人	达　海
责任编辑	蒋雪梅
责任校对	阚朝阳
责任印制	黄　鑫　陈淑雨
装帧设计	成都九天众和

出版发行	成都时代出版社
电　　话	（028）86742352（编辑部）
	（028）86615250（发行部）
印　　刷	成都博瑞印务有限公司
规　　格	165mm×230mm
印　　张	14.5
字　　数	141千
版　　次	2022年11月第1版
印　　次	2023年12月第2次印刷
书　　号	ISBN 978-7-5464-3128-4
定　　价	48.00元

著作权所有·违者必究

本书若出现印装质量问题，请与工厂联系。电话：（028）85919288